FERNWANDERN

„WARUM MACH' ICH DAS EIGENTLICH?"

LINN SCHIFFMANN

OCM
DER VERLAG

1. Auflage Mai 2024

ISBN 978-3-949902-19-2

Gestaltung, Satz und Herstellung:
OCM GmbH, Dortmund

Verlag:
OCM GmbH, Dortmund, www.ocm-verlag.de

Druck: OSDW AZYMUT Sp. z o. o.

Bildmaterial: ©Linn Schiffmann

Bibliografische Information der Deutschen Nationalbibliothek
Die Deutsche Nationalbibliothek verzeichnet diese Publikation in der Deutschen Nationalbibliografie; detaillierte bibliografische Daten sind im Internet über http://dnb.d-nb.de abrufbar.

FERNWANDERN

„WARUM MACH’ ICH DAS EIGENTLICH?“

LINN SCHIFFMANN

Linn Schiffmann, sie/dey, Jahrgang 1990, ist ein*e vielseitige Autor*in und bildende Künstler*in aus Dortmund. Mehrere Kurzgeschichten von ihr wurden in deutschen und österreichischen Anthologien und Literaturzeitschriften sowie im britischen Radio veröffentlicht.

Als pansexuelle und non-binäre Person ist Linn eine engagierte Stimme für die LGBTQIA+-Community. Ihre Kurzgeschichten mit queeren Protagonist*innen tragen dazu bei, die Vielfalt dieser Gemeinschaft in der Literatur sichtbar zu machen. Linn ist zudem Herausgeber*in von „QUEER – NunRedenWir“, einer Anthologie mit Texten zum Thema „Queer“ von 30 queeren Autor*innen aus NRW. Als Vorsitzende*r des LiteraturRaumDortmundRuhr e.V. und Herausgeber*in des Podcasts „Wortwischer“ setzt Linn sich aktiv für die Förderung von Literatur ein.

Neben ihrer Arbeit als Autor*in und Künstler*in geht Linn begeistert wandern. Mit 20 Jahren lief sie zum ersten Mal den Camino Francés, den berühmten Jakobsweg von der französisch-spanischen Grenze bis nach Santiago de Compostela. Diese Tour weckte ihre Leidenschaft für Fernwanderungen, die sie zu weiteren Abenteuern auf verschiedenen Wegen in Europa anspornte. In ihrem Buch *Fernwandern: „Warum mach' ich das eigentlich?“* verarbeitet Linn Erlebnisse von ihren Wanderungen in unterhaltsamen Geschichten.

Inhaltsverzeichnis

Jakobsweg – Camino Francés

Ich bin dann auch mal weg

Eigentlich wollte ich gar nicht lesen lernen. Vorgelesen zu bekommen war schön. Wozu sollte ich es selbst können? Die Schule und meine Mutter bestanden jedoch darauf. Nachdem ich mich wochenlang durch ein Buch über Dinosaurier hindurchgequält hatte, machte es aber irgendwann klick und die Leselust hatte mich gepackt.

Wenig später schon fand mich meine Mutter dabei, wie ich gewissenhaft die Titel aller Bücher, die ich bisher gelesen hatte, auf Karteikarten notierte. Mehrere Hundert kamen in wenigen Jahren zusammen.

Ich war gerade 17 geworden, als ich bei meiner wöchentlichen Tour durch die Regale unserer Stadtteilbibliothek Hape Kerkelings „Ich bin dann mal weg“ entdeckte.
Ich fand. Ich nahm. Ich las. – Es war Liebe auf das erste Wort.

Aber nicht nur Liebe für die Worte und witzigen Erzählungen von Hans-Peter, sondern vor allem für das Thema: eine Pilgerreise auf dem Jakobsweg.

Sogleich wollte ich mir selbst einen Rucksack aufsetzen und die Wanderschuhe schnüren. Doch es dauerte noch 3 weitere Jahre, bis ich das Geld für die Reise zusammengespart hatte und so weit gereift war, dass ich die Sorgen meiner Eltern ignorieren konnte.

Auf meinem Jakobsweg hatte ich „Ich bin dann mal weg“ als Hörbuch dabei. Während mir Hape etwas über seine Tagesetappe ins Ohr raunte, lief ich selbst denselben Weg.

Oh, was für ein Vergnügen war es, zu erleben, dass der Autor die Atmosphäre des Jakobsweges so echt in seinem Buch eingefangen hatte. Jugendliche Freude kam bei mir auf, als ich merkte, wie viel fitter ich doch war als Hape. Wenn er über steile Hänge stöhnte, schien ich hinaufzufliegen.

Nur beim Thema Wanderschuhe kam ein wenig Neid auf. Keine einzige Blase wollte der Autor sich gelaufen haben. Auf meinen Füßen bildeten sich auf noch nicht abgeheilten Blasen bereits neue.

Trotz der Unterschiede fand ich es fantastisch, zusammen mit Hape dann auch mal weg zu sein.

Gebrauchsanweisung

Der Jakobsweg ist einer der bekanntesten Fernwanderwege weltweit und führt zu einer der 3 wichtigsten Pilgerstätten des Christentums: Santiago de Compostela. In der Kathedrale der Stadt sollen sich die letzten Überreste des Heiligen Jakobs befinden. „Jakob“ ist übrigens die deutsche Übersetzung des Namens „Santiago“. Im Jahr 2023 pilgerten über 440.000 Menschen zu den Reliquien des Apostels. Die Zahl der Pilgernden ist in den vergangenen 10 Jahren stark angestiegen. Als ich im Jahr 2010 den Jakobsweg ging, waren es nur 270.000 Personen.

Wenn alle Wege nach Rom führen, so führen zumindest sehr viele nach Santiago de Compostela. Soll heißen: „Den“ Jakobsweg gibt es nicht. Vielmehr handelt es sich um ein Netz aus als „Jakobsweg“ gekennzeichneten Wegen, die aus allen Ecken Europas zu einem Ziel hinführen. Einzelne Wegabschnitte sind so beliebt, dass sie eigene Bezeichnungen haben, so zum Beispiel der Camino Francés, der Camino del Norte, die Vía de la Plata und einige mehr.

Ich selbst bin auf dem Camino Francés gewandert, der auf einer ziemlich geraden Ost-West-Linie von dem französischen Städtchen Saint-Jean-Pied-de-Port, direkt an der Grenze zu Spanien gelegen, durch den Norden Spaniens nach Santiago de Compostela führt. Gleich die erste Etappe hat es in sich, gilt es doch einen Fuß der Pyrenäen zu erklimmen. Am ersten Tag 1.250 Höhenmeter zu ersteigen, kann den Atem ganz schön beschleunigen und die Knie zum Wackeln bringen.

Die erste Etappe ist damit gleich eine der schwierigsten auf dem Camino Francés, aber bei Weitem nicht der einzige Tag mit vielen Höhenmetern. Generell sollten sich Wandernde auf dem insgesamt 800 Kilometer langen Weg auf eine abwechslungsreiche Landschaft gefasst machen: Von den Pyrenäenausläufern an der französisch-spanischen Grenze geht es weiter über die flachen, weiten Ebenen Kastiliens bis hin zu den grünen Hügeln Galiciens.

Der Camino Francés ist übrigens auch der Wegabschnitt, der vielen von uns durch die Bücher von Shirley MacLaine, Paulo Coelho und Hape Kerkeling bekannt ist.

Wildes Camping, das bedeutet unter anderem die Übernachtung im Zelt außerhalb von Campingplätzen und Privatgeländen, ist in Spanien und Frankreich weitestgehend verboten. Entlang des Weges gibt es jedoch zahlreiche Herbergen, „Refugios" genannt, die manchmal privat, oftmals aber auch von der katholischen Kirche geführt werden. Zumeist ist eine Übernachtung sehr günstig, dafür bekommt man jedoch kein eigenes Zimmer, sondern ein Bett in einem Gemeinschaftszimmer. Eine Besonderheit dieser Refugios besteht darin, dass man jeweils nur für eine einzige Nacht bleiben darf.

Der Camino Francés ist kein Weg für Wandernde, die die Einsamkeit lieben. Jeden Tag begegnete ich anderen Pilgernden, und es war fast unmöglich, nicht ins Gespräch zu kommen. So lernte ich auch Alicia kennen, mit der ich die letzten 400 Kilometer des Weges zusammen lief. Oftmals erfuhr ich gleich die halbe Lebensgeschichte der anderen Person, und wenn nicht, dann doch zumindest den Grund für die Pilgerreise. Es soll zwar Pilgernde geben, die nur um des Wanderns Willen auf dem Jakobsweg unterwegs sind, aber sie scheinen doch eine Anomalie zu sein. Damit will ich nicht sagen, dass alle Pilgernden aus tiefstem Herzen christlich sind. Doch zumindest ein gewisser Hang zur Spiritualität scheint sie zu vereinen.

Tipps & Tricks

Leicht Packen!

Der Camino Francés ist für Fernwanderneulinge gut geeignet. Auch wenn das Mitführen von Kartenmaterial, sei es auf dem Handy, der GPS-Uhr oder auf Papier, sicherlich hilfreich ist, so ist der Weg doch durchgängig mit gelben Pfeilen markiert. Sich zu verlaufen, scheint fast unmöglich. Und selbst wenn, so ist die nächste Ortschaft oder die nächste hilfreiche Person oftmals nur wenige 100 Meter weit entfernt.

Aufgrund der vielen Ortschaften mit Herbergen und Lebensmittelgeschäften kann auf schweres Gepäck gut verzichtet werden. Zelt, Campingkocher, Essensrationen und vieles mehr können zu Hause bleiben!

Reservierungen

Als ich 2010 den Camino Francés ging, war die Reservierung von Schlafplätzen eher selten vonnöten. Erst als ich bis auf die letzten 100 Kilometer an Santiago de Compostela herangekommen war, wurde es in den Schlafsälen wirklich eng. Da heutzutage aber mehr als 3-mal so viele Menschen auf dem Jakobsweg unterwegs sind, würde ich mittlerweile zu Reservierungen raten. Vor allem Tour-Highlights, wie die Übernachtung in dem kleinen Bergdörfchen El Cebrero, müssen frühzeitig geplant werden.

Warnungen für unchristlich Pilgernde
(Nicht geeignet für passionierte Storyteller!)

Der Jakobsweg ist ein christlicher Pilgerweg. Aber nicht alle, die pilgern, sind christlich und reisen aus religiösen Gründen. Doch viele von ihnen sind unterwegs in fremden Landstrichen und zwischen fremden Sitten. – Gerade auf Pilgerschaft bin ich ja die ganze Zeit unterwegs und habe im Zweifelsfall gar kein Interesse daran, mich zu integrieren oder eine Verbindung zu den Einheimischen aufzubauen. Dementsprechend informiere ich mich vorab auch nicht unbedingt über die Dos und Don'ts des Landes. Irgendwie bin ich also nicht wirklich „in" der Kultur, sondern reibe mich nur ab und zu daran. Wobei ich beim Wandern auf dem Jakobsweg natürlich sehr häufig mit „dem Christentum" in Kontakt komme. – Gerade aber der Kontakt, die Reibung, führt zu interessanten Geschichten. Denn was macht die besten Geschichten aus, wenn man von einer Reise wiederkommt? Oftmals sind es doch die unangenehmen Erlebnisse, die wahre Erzähljuwelen sind. Natürlich dürfen sie nicht zu unangenehm sein. Die Zuhörenden sollen sich schließlich amüsieren. Besonders gut eignen sich dafür kulturelle Fettnäpfchen, in die man unbedacht getreten ist. Daher ist es für diejenigen, die gerne erzählen, hilfreich, sich vor einer Reise NICHT gut zu informieren.

Für all diejenigen jedoch, die sich Überraschungen und Peinlichkeiten ersparen möchten, hier das kleine Einmaleins für unchristlich Pilgernde auf dem Jakobsweg:

(1) Beantworte die Gretchenfrage mit Bedacht!

Gleich zu Beginn des Jakobsweges benötigen alle Wandernden einen sogenannten Pilgerpass, um in den offiziellen Pilger-Übernachtungsstätten schlafen zu dürfen. Der Pass kann vorab online bestellt werden oder auch direkt auf dem Weg erworben werden. Beim Ausstellen des Passes werden Pilgernde nach ihrer Religionszugehörigkeit befragt. Manch eine Person hat hier schon geflunkert und „katholisch" angegeben, wenn sie doch eigentlich protestantisch oder ungetauft ist. Wieso das Ganze? Nun, wer mindestens die letzten 100 Kilometer nach Santiago de Compostela zu Fuß pilgert, bekommt von der katholischen Kirche alle Sünden erlassen, verbrieft durch eine nett anzusehende Urkunde. Einzige Voraussetzung: Die Person muss katholischen Glaubens sein.

Ob sich die Flunkerei lohnt, musst du selbst entscheiden. Bedenke jedoch: Die erste Lüge führt schnell zu weiteren.

(2) Nonnen scherzen nicht!

Viele günstige Übernachtungsmöglichkeiten sind im Besitz der katholischen Kirche und unterstehen ihrer Verwaltung. Natürlich klingt es verlockend, in einem Kloster oder einer Kirche aus dem Mittelalter zu übernachten. Man denke nur an all die soliden Steinmauern, Gewölbe, Folterkammern et cetera et cetera. Und wann hat man schon mal als heidnischer Mensch die Gelegenheit, mit Nonnen, Mönchen oder Priestern ins Gespräch zu kommen? Ich kann nur sagen: durchaus interessant, so ein Geplaudere über den Klosteralltag ...

Aber hab acht! Klöster sind oftmals ziemlich strikt und die Nonnen scherzen nicht, wenn sie dir die Schließzeit sagen! Die Erfahrung zeigt: Bist du 5 Minuten zu lang auf der Party, kann es eine lange Nacht vor den Klostermauern werden. So wie damals, als Alicia und ich in Sahagún mit ein paar Studierenden feierten und uns nicht trennen konnten, bis die Rotweinflasche leer war. Leider war es da bereits nach 22 Uhr und die Klostertür geschlossen. Es half kein Klopfen und kein Klingeln. Da standen wir also nächtens nur in Shorts und T-Shirt vor der Klosterpforte. All die Sachen, die wir sonst mit uns herumtrugen und die nun hilfreich gewesen wären, waren hinter dicken Mauern weggeschlossen. Unsere Schlafsäcke und Isomatten schlummerten den Schlaf der gut abgestellten im Schlafsaal der Nonnen.

Schließlich schlichen wir uns zum städtischen Refugio, das nur ein paar Gehminuten vom Kloster entfernt lag. Auch hier war wegen der späten Stunde an eine offizielle Aufnahme nicht zu denken. Doch wir klopften, ein Pilger öffnete uns und wie selbstverständlich begaben wir uns in den großen Schnarch- – Pardon – Schlafsaal der Herberge. Wir suchten uns 2 freie Betten, legten uns hinein und schliefen bis zum Morgengrauen. Alicia weckte mich und wir entschwanden still wieder hinaus in die Stadt. Das Monasterio de Santa Cruz öffnete uns schließlich doch seine Tore und wir kamen dank der Nonnen zumindest noch in den Genuss eines für spanische Verhältnisse überdurchschnittlich üppigen Frühstücks.

(3) Lass dich nicht einsperren!

Einmal übernachtete ich in Santo Domingo de la Calzada in einem Kloster. Die Schlafsäle waren eng, stickig und stockduster. Meine Zimmergenossen schnarchten wild durcheinander, und ich hatte das Gefühl, mit jedem Schnarcher würden sie mehr vom eh schon knappen Sauerstoff im Raum verbrauchen. Ich konnte nicht nur nicht schlafen, ich wurde langsam panisch.

Immer lauter kam mir das Geröchel und Gegrunze der Männer im Zimmer vor. Mir wurde immer heißer und Schweiß bildete sich auf meinem Körper. Das Atmen fiel mir schwer. Die Dunkelheit wurde unerträglich.

Schließlich musste ich mich zurückhalten, nicht von dem Etagenbett mit einem Satz hinunterzuspringen und aus dem Zimmer zu stürmen. Stattdessen klammerte ich mich blind an die Eisenstangen des Bettgestells und rutschte langsam hinab auf den Boden. Irgendwie schaffte ich es, meine Sachen zusammenzusammeln und den Weg aus dem Zimmer zu finden. Es war mir egal, dass es 4 Uhr in der Nacht war, ich würde an diesem Tag einfach mal im Dunkeln loswandern. Aber, oh weh! Als ich aus der Tür trat und durch den steinernen Eingangsbogen das Kloster verlassen wollte, versperrte mir ein eisernes Fallgitter den Weg! Das Mittelalter ließ grüßen! Ich rüttelte am Gitter, aber es ließ sich nicht bewegen. Die kleine Tür im Gitter war abgeschlossen. Weit und breit kein Mönch in Sicht! Ich ließ mich auf einer steinernen Bank vor dem Gitter nieder und wartete. Im

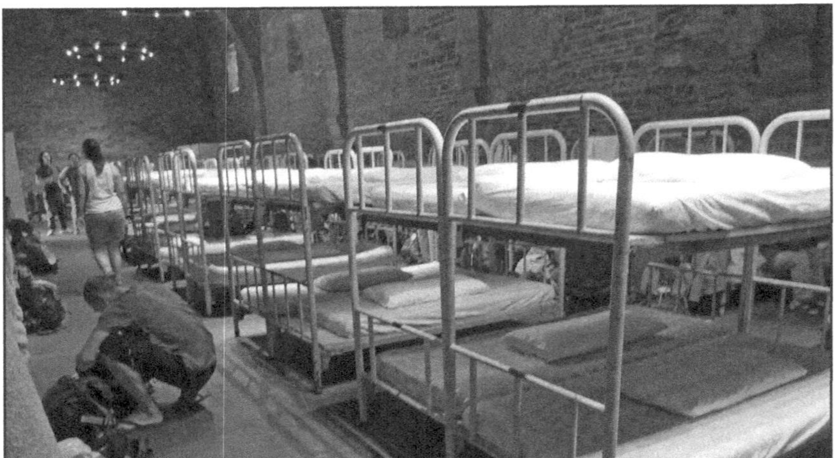

Morgengrauen kam ein Bruder und öffnete das Tor. Ich entschlich auf die Straße, in die Freiheit und Stille des Morgens.

(4) Erliege nicht der Schönheit der Stempel!

Um die eigene Pilgerreise zu belegen, sammeln Pilgernde Stempel in ihrem Pilgerpass. Jedes Refugio hat einen eigenen Stempel, der bei einer Übernachtung in den Pass gedrückt wird.

In der Stadt Logroño standen mehrere Refugios zur Wahl. Ich entschied mich für die Iglesia de Santiago, von der es hieß, sie habe einen sehr schönen Stempel. Das Refugio war an eine Kirche angegliedert und wurde von einem engagierten Pater betreut. Wir Übernachtungswilligen wurden gemeinsam eingelassen und nachdem wir uns alle einen Schlafplatz gesucht hatten, bereiteten wir in der Küche zusammen das Abendessen zu. So weit, so gut. Anschließend ging es zum nächtlichen Gottesdienst in die angrenzende Kirche. Auch hier fühlte ich mich zunächst noch halbwegs wohl. Doch dann kam der Augenblick, in dem der Pater uns aufforderte, jeweils in unserer Muttersprache das Glaubensbekenntnis aufzusagen. Oh Graus. Ich kannte es nicht! Du musst nämlich wissen, dass ich zwar als Kind eines katholischen Vaters und einer protestantischen Mutter zur Welt kam, jedoch nie getauft wurde und abgesehen von unregelmäßigen weihnachtlichen Gottesdienstbesuchen, Taufen und Beerdigungen wenig Kontakt mit kirchlichen Riten hatte. Mittlerweile habe ich Gefallen an der buddhistischen Lehre gefunden, aber zu diesem Zeitpunkt in meinem Leben war ich mir nur sicher, dass ich die Wiedergeburt für wahrscheinlicher als das Versprechen vom christlichen Paradies hielt.

Da saß ich also in einer katholischen Runde und hätte gerade eben noch das Vaterunser stottern können, niemals aber das Glaubensbekenntnis. Es rettete mich schließlich nur meine Muttersprache davor, mich als heidnisch outen zu müssen. Ein Hoch auf die große Bevölkerungszahl von Deutschland und unsere Liebe zum Wandern und Reisen. Denn wenn man sich eines sicher sein kann, dann, dass sich in jedem Land der Welt mindestens eine deutsche Person aufhält. Und in Spanien oftmals auch ein paar mehr. Hier, in diesem spanischen Refugio, verhielt es sich ebenso. Von den 15 Anwesenden entpuppten sich gleich 4 als deutsch. In der selbstbewussten Rezitation der anderen ging mein peinliches Genuschel unter.

Übrigens, der Stempel zeigt einen Mann zu Pferd. Ich vermute, dass der Mann Jesus ist, aber vielleicht ist es auch der heilige Jakob.

(5) Tradition ist manchmal nicht genug!

Im Kloster San Juan de Ortega wird den Pilgernden seit Jahrhunderten eine Knoblauchsuppe angeboten. Diese Information erweckte zugleich meinen Hunger und meine Neugier. Mit anderen Hungrigen wartete ich mehrere Stunden in der Sonne vor den Klostertüren. Ich stellte mir eine dicke Kartoffelsuppe vor. Darin allerlei Gemüse und reichlich Knoblauchzehen. Vielleicht sogar ein paar Stücke Wurst? Mir lief das Wasser im Mund zusammen. Mein Magen rumorte.

Endlich – ich war schon halb verhungert – öffneten sich die Türen und wir wurden in einen kühlen, kargen Raum geführt. Auf dem Tisch: tiefe Teller, Löffel und ein großer Topf.

Nachdem er ein kurzes Dankgebet gesprochen hatte, verteilte ein Mönch die Suppe auf die Teller. Erwartungsvoll beugte ich mich über meinen. Scharfer Knoblauchgeruch fuhr mir in die Nase. Mein Magen knurrte. Ich sah genauer hin und verzweifelte: In ansonsten durchsichtiger Flüssigkeit schwammen drei zarte, kleine Knoblauchzehen.

Sprechende Pferde flunkern oft

Auf dem Jakobsweg wurde viel geredet. Was auch sonst, wenn die Pilgernden den ganzen Tag nur am Laufen sind. Die Alternative wäre Schweigen.
Schweigen ...
Schweigen ...
...
...
Okay, genug geschwiegen. „Hast du schon die Geschichte gehört von dem Pilger aus Zaragoza, der gestern mit einem Pferd geredet hat?"

–

„Ja, ein Pferd."

–

„Drogen? Vielleicht, kann schon sein ..."

–

„Was das Pferd gesagt hat? Weiß nicht."

–

„Ja, ja, okay. Dann was anderes. Weißt du schon, was dem Ulli letztens passiert ist?"

–

„Ulli, du weißt schon, der Bankertyp, der niemandem seinen Namen verrät und mit seiner 18-jährigen Tochter unterwegs ist."

–

„Ja, genau der! – Jedenfalls haben der Ulli und seine Tochter in derselben Herberge geschlafen wie die beiden Historiker aus Tschechien."

–

„Ja, der eine hat Dreadlocks und der andere ’ne Gitarre. – Jedenfalls hat der Ulli 1.000 Euro in bar in der Tasche und als er am nächsten Morgen aufwacht, ist die Kohle weg.“

–

„Keine Ahnung, warum der so viel Geld mit sich rumträgt. – Jedenfalls ist er zur Polizei und hat den Diebstahl gemeldet ...“

–

„Ach, komm, so oft sage ich doch gar nicht ‚jedenfalls‘. Jedenfalls – Ach scheiße, du hast recht. – Also, das kam dann so: Die Polizei hat die Herberge befragt und die haben von den Tschechen erzählt, die aber schon wieder auf dem Weg waren. Und jetzt kommt das Beste: Die Polizei hat den Tschechen mit den Dreads gefunden und ihn mit Blaulicht und Pistole festgenommen.“

–

„Ob er das Geld hatte? – Natürlich nicht. Das Einzige, was er hatte, waren Dreads. Scheiß Bullen!“

Tote Dachse lügen nicht

„Was ist das?“

„Ein Dachs.“

„Ein toter Dachs.“

Ich wende meinen Blick von dem Kadaver am Straßenrand ab. Schaue auf meine Uhr, nicht aufs Handy, auf die Uhr am Handgelenk. Das Handy liegt im Rucksack ganz unten. Es ist ausgeschaltet. Es kann sowieso nichts außer telefonieren und Snake. Ein DummPhone ohne Internet, von Nokia. Es ist 2010, im August, an einem NICHT-Sonntag auf dem Jakobsweg in Spanien. Die Armbanduhr zeigt nur die Zeit: 11:55 Uhr in der Nacht.

„Es ist spät“, sagt Alicia, und unser Schweigen, das auf ihre Worte folgt, sagt alles andere. Es erzählt von den 30 Kilometern, die wir heute gewandert sind, und von der erfolglosen Suche nach einer freien Herberge am Abend. Es beschreibt die Dunkelheit der Nacht, das gelbe Zeichen, das in den schwarzen Wald hinein weist. Das Schweigen spricht von Müdigkeit und von Angst.

Hinter uns flackern die Neonlichter einer Tankstelle im Irgendwo.

Ich denke „Tote Dachse lügen nicht“ und sage „Lass uns erst mal ein Eis essen.“

„Okay.“

Es ist nach Mitternacht. Wir essen Erdbeereis in einer Tankstelle, im Irgendwo am Jakobsweg.

Später beginnen die Blicke des Tankwarts uns zu stören. Wir gehen auf den Parkplatz, schieben ein paar Plastikstühle zusammen. Darunter breiten wir unsere Isomatten aus. Schlafen.

Lichter von vorbeifahrenden Autos. Zu hell auf dem Parkplatz, zu sichtbar. Aber im Wald, zu dunkel. Und der Dachs. Das Zeichen.

„Ich muss mal pinkeln", murmelt Alicia. „Kommst du mit?"

Wir lassen die Stühle zurück, alles andere kommt mit. Die Toilette hat einen Bewegungsmelder. Es gibt eine Dusche, ein Klo, einen Vorraum mit Schloss. Mit Schloss, das sich von innen ohne Schlüssel bedienen lässt.

Ich schließe ab. Schweigen seufzt nur ein Wort: „Sicherheit".

Am Morgen wecken uns das Licht des Bewegungsmelders und eine hohe Stimme, Spanisch sprechend, wütend. Als sie sich entfernt, raffen wir unsere Sachen zusammen. Mit dem Schlafsack im Arm, die Schuhbänder ungeschnürt, stolpern wir hinaus.

Eine junge Frau kommt uns entgegen, hinter ihr der Tankwart von vergangener Nacht. Während sie wütend gestikuliert, zucken wir müde mit den Schultern. Der Tankwart zwinkert uns zu.

Wir entschleichen in den Wald. Den Dachs kann ich nirgendwo entdecken.

Die Muschel

Die Muschel ruft schon wieder. Sie ruft im Einklang mit den Psalmen, die mich schon seit Langem begleiten. Sie ruft nach mir, nach dem Heidenkind, der Pilgerin zwischen den Konfessionen, später auch Religionen.

Ich bin nie getauft worden, doch nach Santiago de Compostela bin ich trotzdem gegangen. Wortwörtlich gegangen. Nur nicht von hier. Aber ich könnte hier, am Platz vor St. Petri, dem Ruf der Muschel erneut folgen.

„Der Herr ist mein Hirte" würde mich geleiten und „Ich hebe meine Augen auf zu den Bergen". Das sind die Psalmen, die ich als Kind auswendig gelernt habe. Sie klangen damals schon in mir, sie klingen noch heute.

Ich will meine Augen wieder zu den Bergen erheben, den Rand des Horizonts erreichen und über ihn hinaus schreiten oder von mir aus auch schlurfen, mit Blasen und schmerzenden Knien.

Ich will hier in der Heimatstadt anfangen, die Heimat zu verlassen, laufen, bis der Rand Europas erreicht ist. Erneut übers Meer blicken und über die Schulter zurück, möglichst ohne in Fisterra zur Salzsäule zu erstarren. Will mich umdrehen und zurückkehren nach Hause. Immer im Blick die Muschel, die mich daran erinnert, dass wir ein und aus gehen, fortgehen und ankommen.

West Highland Way

Schlafsärge und andere Probleme

154 Kilometer lang führt der West Highland Way von Milngavie bei Glasgow über Teile des schottischen Hochlands bis Fort William. Letzteres ist heutzutage bei vielen bekannt als der Ort, an dem der Hogwarts Express startet. Der West Highland Way wurde im Jahr 1980 eröffnet. Wer diesem Weg folgt, läuft entlang des größten Sees und des höchsten Berges Schottlands.

Ich selbst lief den West Highland Way im Jahr 2013, in einer späten Augustwoche, und brauchte 8 Tage für die Route. Ursprünglich startete ich mit circa 15 Kilogramm Gewicht, trug ich doch Schlafsack, Zelt und Campingkocher mit mir. Bei meiner Wanderung auf dem Jakobsweg hatte ich mir die Haut an beiden Fersen durch kontinuierliche Blasenbildung regelrecht zerfetzt. Damals trug ich hohe Wanderstiefel, die wohl eine Nummer zu klein waren. Zusätzlich ließen die hochsommerlichen Temperaturen in Spanien meine Füße stark anschwellen. Sie brauchten Monate, um sich von den Strapazen zu erholen.

Diesmal wollte ich es ohne schwere Stiefel probieren. Stattdessen kaufte ich mir sehr elastische, luftdurchlässige Turnschuhe.

Der erste Tag schien vielversprechend. Ich lief meine geplanten Kilometer ohne Blasen, schlug abends mein Zelt auf und erwärmte mir meine Nudelmahlzeit auf dem Spirituskocher. Die Unabhängigkeit von Hotels war herrlich, auch wenn ich mich gerade eben so zusammen mit meinem Rucksack in mein Zelt quetschen konnte. Ich hatte das kleine Zelt extra wegen seiner Leichtigkeit gekauft. Komfortabel war es jedoch nicht. Aufgrund seiner Form nannte ich es fortan den „Schlafsarg“.

Am zweiten Tag wurden aus asphaltierten Straßen ungepflasterte Wege. Oftmals liefen die Rinnsale kleiner Bäche über den Wanderpfad und leider auch in meine ziemlich grobporigen Schuhe. Schon am Mittag fing das nasse Kunstgeflecht an, meine Füße wund zu scheuern. Dann begann es zu regnen. Innerhalb weniger Minuten war ich klitschnass, mein schwerer Rucksack drückte nicht nur auf meine Hüftknochen, sondern schien auch meine dünnen Sohlen enger an den steinigen Boden zu pressen. Am frühen Nachmittag humpelte ich und kramte schließlich meine Flipflops aus dem Rucksack.

Der Gedanke, ohne duschen und mit nassen Sachen in meinem Zelt schlafen zu müssen, ließ meine Freude am Zelten jäh in sich zusammenfallen. Kurzentschlossen checkte ich im nächsten Hotel am Wegesrand ein, wo ich zumindest noch ein kleines Zimmer unterm Dach für 50 Pfund bekam.

Noch am selben Nachmittag fasste ich den Entschluss, aufs Zelten zu verzichten. Ich packte das Zelt, meine dicke Jacke, die sich als nicht regentauglich erwiesen hatte, und den Campingkocher in eine Plastiktüte und gab sie im nächsten Dorf bei der Post auf. Kurzum schickte ich das Paket zurück nach Deutschland, wo es zwar leicht schimmelig, aber ansonsten heile nach 3 Wochen ankam.

So erleichterte ich mein Gepäck mal eben um die Hälfte des Gewichts, und mithilfe von Pflastern hielten meine Füße zumindest noch einige Tage durch. Zwar kaufte ich mir schließlich an Tag 6 noch spontan Trekkingsandalen, doch auch diese bewahrten mich nicht vor neuen Blasen. Als ich in Fort William ankam, waren meine Füße mal wieder ein Albtraum für meine Podologin.

Tipps & Tricks

Einen Hauch Gälisch lernen

Viele Orte im schottischen Hochland tragen Namen, die aus dem Gälischen stammen. Um sich beim Wandern besser zurechtzufinden, hilft es, einige Vokabeln zu lernen. Diese 3 Begriffe trifft man häufig auf dem West Highland Way an:
Ben = Berg, Loch = See und Glen = enges Tal.

Messer zu Hause lassen!

Großbritannien hat ein sehr strenges Waffengesetz. Der Import und das Mitführen von Messern fast aller Art ist verboten und stellt eine Straftat dar. Wer trotzdem ein Taschenmesser mitnehmen möchte, sollte sich unbedingt vor der Einreise nach Großbritannien über die aktuelle Gesetzeslage informieren.

Die Distel

Du hast mich gestochen. Meine Fingerkuppen bluten lassen. Du hast Bienen gefüttert und die Kinder des Schmetterlings umsorgt. Du hast mir 7 Tage lang den Weg gewiesen, und ich habe dich nicht erkannt.

Als Sechseck warst du verkleidet. Ich suchte nach dir und folgte deinen weißen Kleidern. Doch nie sah ich näher hin. Die runde Form deiner fleischigen Blüte versteckte sich zwischen 2 kantigen Röcken. Deine lila Farbenpracht als Trichter getarnt, dein Stängel, nur ein Strich, angedeutet.

Sah die Rose Englands überall, nicht zuletzt auf den Münzen, aber wusste nicht, dass DU die Blume Schottlands bist.

Niemand hat mir erzählt, dass dein Stich einst schottische Krieger vor dem Angriff der Nordmänner warnte. Niemand hat mir gesagt, dass es einen Distelorden gibt. „Nemo me impune lacessit - Niemand greift mich ungestraft an“, so das Motto des Ordens.

Ich glaube nicht, dass ich auf meiner Wanderung unachtsam auf dich getreten bin. Den Schmerz, deine Dornen, hätte ich wohl gespürt. Trug ich doch diesmal keine schweren Stiefel, sondern nur offene Sandalen, lief durch kalte Rinnsale, die sich den Pfad mit mir teilten.

Bist du in Kontakt mit den anderen Wesen um dich herum?

Sprachst du mit den duellierenden Hirschbullen, die knapp vor mir den Weg kreuzten, deren schwere Körper, Köpfe, Geweihe vor mir aufeinanderprallten? Spürtest du das laute Knacken dumpf in deinen Wurzeln, wie ich es über meine Ohren aufnahm und lauschte, bis es in den Weiten des Hochlands verhallt und die Hirsche zwischen den Hügeln verschwunden waren?

Flüstertest du beruhigend der Hirschkuh ins Ohr, die sich schützend vor ihr Kalb stellte und mich warnend anschnaubte, oder schürtest du zischend ihre Wut?

Nur einmal habe ich dich übersehen. Dein Zeichen falsch gedeutet. Bin vom Weg abgekommen. Nur einmal.

Distel, du hast mir 7 Tage lang den Weg gewiesen und ich habe dich erst jetzt erkannt.

Leprechaun

„Wir treffen uns dort“, sagten sie und stapften weiter auf dem breiten, ebenen Weg.

Ich hob die Hand. „Bis gleich.“ Alleine stieg ich den engen Pfad zum Seeufer hinab. Loch Lomond lag dunkel und still zwischen den Bäumen. In der Schwärze des Wassers steht er dem Loch Ness in nichts nach. Er ist außerdem viel größer. Aber das wusste ich damals noch nicht. Mir erschien der See eher klein, was wohl an der geringen Breite des Gewässers liegt. Aus der Vogelperspektive betrachtet sehen Seen in Schottland oftmals aus wie Mambas. Dünne, lange Gestalten, die sich mit ihrem schwarzen Körper durch die Landschaft schlängeln. Vielleicht war so auch die Idee vom Monster Nessie entstanden? Eine Verkörperung des Sees sozusagen. Als ob sich das Bewusstsein des Sees in der Form einer Seeschlange manifestiert hätte.

In Loch Lomond zeigte sich an diesem Nachmittag keine Schlange. Es kann aber auch sein, dass ich ihr Auftauchen einfach verpasst habe, denn der „Pfad“ am See nahm schnell meine ganze Aufmerksamkeit in Anspruch.

Jemand mit einem leichten Tagesrucksack auf dem Rücken hätte den Weg wohl als abenteuerlich beschrieben. Ich mit meinem 55 + 15 Liter McKinley fand ihn gefährlich. Gefährlich nah am Wasser gebaut. Wortwörtlich. Und so nah, dass meine Fersen das ein oder andere Mal ins Wasser dippten, während ich mich mit krampfenden Händen an Zweigen und Wurzeln der Uferböschung festhielt.

Nach fast 2 Stunden wurde meine Mühe jedoch belohnt. Der Pfad wurde breiter und führte auf hölzernen Stegen über Moosplatten, die so grün waren, dass ich mich im Feenland wähnte. Das Moos begleitete mich den Rest des Weges. Hinauf auf den kleinen Hügel, auf dessen Kuppe eine steinerne Hütte langsam eins mit der Natur wurde.

Hier würde ich übernachten. Hier wollten die anderen 2 und ich uns wieder treffen. Ich wunderte mich, dass sie noch nicht angekommen waren. Obwohl ihr Weg von der Meterzahl her länger war, sollte er sehr viel einfacher und somit schneller zu gehen sein.

Da sie noch nicht da waren, legte ich nur schnell meine Sachen in der Hütte ab.

Im Inneren gab es eine Feuerstelle und ein steinernes Plateau zum Schlafen. Der Eingang war ein Loch in der Wand. Eine Tür gab es nicht. Neben dem offenen Kamin standen Kochtöpfe und Pfannen aus Metall. Sie waren mehr oder weniger sauber. In der Ecke lagen ein paar leere Chipstüten und Konservendosen.

Ich suchte Handtuch, Seife und frische Unterwäsche aus meinem Rucksack. Dann lief ich zum See hinunter. Da weit und breit niemand zu sehen war und auch das gegenüberliegende Ufer von dichtem Wald bewachsen war, entschloss ich mich dazu, nackt zu baden.

Eiskalt umschloss das dunkle Wasser meine Waden. Trotzdem watete ich langsam hinein, bis ich bis zur Hüfte im See stand. Während ich mich wusch, beobachtete ich einen kleinen Greifvogel dabei, wie er über dem Wasser kreiste.

Beim Anziehen bemerkte ich, dass es langsam dunkel wurde. Ich stieg den Hügel hinauf und freute mich darauf, mit den anderen einen schönen Abend am Feuer zu verbringen. Sicherlich waren sie mittlerweile angekommen.

Spoiler: Waren sie nicht.

Ich war allein und langsam dämmerte es mir, dass es auch so bleiben würde. Zumindest, dass die anderen, das junge Paar aus Deutschland, das ich am Morgen auf dem Weg kennengelernt hatte, nicht mehr kommen würde.

Plötzlich hatte ich keine Angst mehr davor, dass ich in der Nacht allein bleiben würde, sondern, dass noch jemand kommen könnte. Zum Beispiel mir unbekannte Männer.

Ich entschloss mich, kein Feuer zu machen. Bloß niemanden davon in Kenntnis setzen, dass die Hütte in dieser Nacht bewohnt sein würde. Langsam drehte ich mich vor der Hütte im Kreis. Überall war Moos: auf den Steinen der Hütte, auf dem Boden, auf den Steinen auf dem Boden. Jeglicher Baumstumpf war mit Moos bewachsen. Ich befand mich in einem Kreis aus Grün. Mit einem Mal musste ich an die Geschichten von den Leprechauns, den irischen Kobolden, denken. Berühmt für ihre Hinterlistigkeit und ihre Lust nach Gold.

Ich kramte mein Portemonnaie aus einer der Taschen meiner Wanderhose. Im Kleingeldfach lag eine einsame 2-Euro-Münze. Ich hob sie hoch und betrachtete sie eingehend. Sicherlich kein echtes Gold, aber vielleicht würde es trotzdem reichen, um einen Leprechaun zu bestechen? Einen Versuch war es wert.

Ich legte die Münze auf einen großen moosbewachsenen Baumstumpf und sprach laut: „Wenn hier Feen oder Leprechauns wohnen, bitte ich um euren Schutz für die Nacht und danke euch dafür, dass ich hier übernachten darf."

Dann ging ich in die Hütte, kaute langsam einen Müsliriegel und verkroch mich schließlich in meinen Schlafsack.

Doch der Versuch, zu schlafen, blieb genau dies. Ein Versuch!

Die ganze Nacht über knisterten und wuselten kleine Lebewesen durch die Hütte. Die Mäuse huschten auch über die Schlafplattform, aber das störte mich eher weniger. Die ganze Nacht über starrte ich in Richtung des offenen Eingangs und befürchtete, dass plötzlich ein Schatten und dann noch viel Schlimmeres eintreten würden.

Und es geschah ...

Nichts.

Natürlich, könnte man meinen. Ich dachte nur: „Leprechaun sei Dank."

Am Morgen bedankte ich mich erneut bei den Feenwesen. Die 2 Euro aber waren verschwunden.

Full Scottish Breakfast

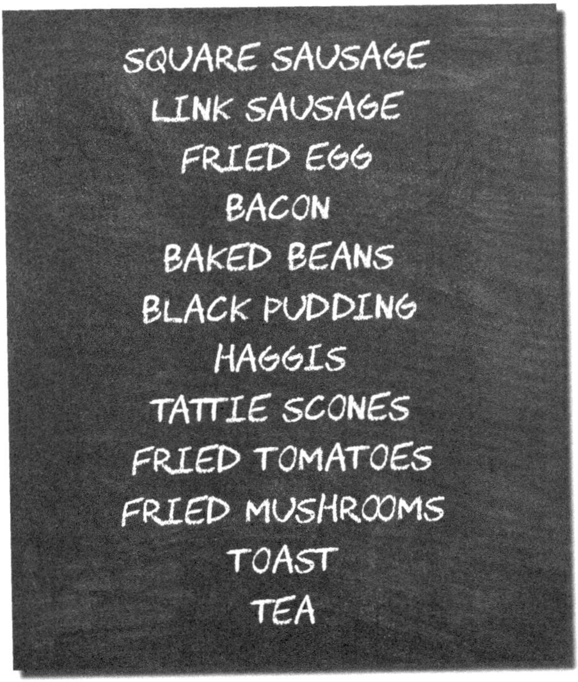

Ein quadratisches Würstchen, ein rundes Würstchen, Spiegelei, gebratener Speck, ein paar gebackene Bohnen, eine angebratene Scheibe Blutwurst und dazu noch ein paar Stücke Schafsinnereien, Kartoffelpfannküchlein, angebratene Tomaten und Champignons und 'ne Scheibe Toast. Zuletzt noch eine Tasse Tee. – Fertig ist das „Full Scottish Breakfast".

„Wie bitte, Sie ernähren sich vegan?"

–

„Ja, dann könnte ich Ihnen Ei mit Tomaten, Toast und Würstchen anbieten."

–

„Würstchen ist auch Fleisch? Na sowas. Dann aber wenigstens die Scheibe Blutwurst."

–

„Auch nicht? Nur die Tomate und das Ei ..."

–

„Kein Ei?! Aber ich bitte Sie. Wovon wollen Sie sich denn ernähren?"

–

„Eine angebratene Tomate und eine Scheibe labbriger Toast. Bitte schön! Lassen Sie es sich schmecken!"

–

„Den Tee hatte ich vergessen, oder hätten Sie lieber Instant Kaffee?"

–

„Übrigens, die Champignons sind aus."

Goldgrabgrusel

Leichter Nebel begann bereits von den Hügeln hinab zu den Häusern zu kriechen, als ich Tyndrum am frühen Abend erreichte. „The Green Welly Stop“ prangte in großen Buchstaben auf der weißen Wand eines Hauses in der Mitte des Ortes. Das „Stop“ war in Rot gemalt, die restlichen Wörter in Grün.

Ich fand meine Unterkunft in einer Ansammlung von Bungalows. Übernachtung im Mehrbettzimmer, aber andere Reisende hatte es an diesem Abend nicht ins By The Way Hostel gelockt. Nachdem ich meinen Rucksack auf einer der oberen Hochbettmatratzen geleert hatte, ging ich unter die Dusche. Während der heiße Wasserstrahl mir den Schweiß des Tages vom Körper wusch, überlegte ich, ob ich noch das Restaurant des Green Welly Stops besuchen sollte. Das Essen sei gut, hatte mir ein deutsches Paar gesagt. Andererseits hatte das Hostel eine Küche, die ich nutzen konnte, und in meinem Rucksack hatte ich immer noch die Instantnudeln mit Schrimp-Geschmack.

Als ich aus dem Bad trat, lag die Küche bereits im Dunkeln. Außer im Zimmer mit den Betten brannte nirgendwo Licht im Hostel. Ich betätigte den Schalter für das Flurlicht. Sofort erhellte ein bläulich-gelber Schein den Gang, hatte jedoch nicht genug Kraft, um auch die dunklen Ecken der Küche auszuleuchten.

Ich stopfte meine Wertsachen in meine Jackentasche und ging zur Tür. Voller Unbehagen zog ich mir die Schuhe über die Füße. Trotz Pflaster und frischen Socken schmerzten meine Fersen beim Kontakt mit dem dünnen Stoff des Schuhs.

Gemächlich suchte ich meinen Weg zurück zum Green Welly Stop. Mittlerweile war der Nebel auch in der Mitte des Dorfes angekommen.

Tyndrum.

Tyndrum, ein Ort, an dem Wandernde und Autofahrende zugleich Rast einlegten, anhielten, um die pyramidenförmige Silhouette des Ben Lui zu betrachten oder um im Bach Crom Allt, der weiter südlich in den Fluss Fillan mündet, nach Gold zu schürfen.

Als ich auf meinem Weg zum Restaurant den Bach mittels einer kleinen Brücke querte, meinte ich, unten im Bachbett jemanden stehen zu sehen. Doch als ich genauer hinsah, entpuppte sich der vermeintliche Goldgrabende nicht als eine Gestalt im Wasser, sondern als eine Form aus Nebel.

Ich ging weiter. Im Restaurant bestellte ich mir einen Teller Nudeln und ein Pint Cider. Während ich auf das Essen wartete, drang die rauchige Stimme eines älteren Mannes vom Nachbartisch zu mir herüber. Sein schottischer Akzent machte es mir schwer, ihn zu verstehen, doch ab und zu schnappte ich einzelne Wörter auf. Immer wieder sprach er von „Gold“ und „der Miene“ und einem „Schatten“.

Auch wenn ich dem Inhalt der Geschichte nicht zu folgen vermochte, fesselte mich doch die Art, wie er sprach. Passagen schnell gesprochener Wörter, bewusst gesetzte Pausen. Leise, fast flüsternd, zog er meine Aufmerksamkeit auf sich. Ich schielte erneut zu ihm hinüber. 2 Kinder saßen ihm gegenüber auf einer Bank. Mitunter zuckten sie erschreckt zusammen, nur um sich sogleich wieder nach vorne zu beugen, als wären sie bereit, jedes einzelne Wort von den Lippen des Erzählers in sich aufzusaugen.

Der Erzähler selbst versteckte seine untere Gesichtshälfte hinter einem silbergrauen Vollbart, von grünen, leicht wässrigen Augen aus zogen kleine ausgetrocknete Bachläufe halbmondförmig über sein Gesicht.

Plötzlich zuckten seine Augen und drehten sich in meine Richtung. Er fixierte mich mit seinem Blick. Vor Schreck rutschte mir mein Pintglas aus der Hand. Ich versuchte es noch zu fangen. Doch mein halbgetrunkener Cider ergoss sich schon über meine restlichen Nudeln, auf den Tisch und begann, über die Kante auf den Boden zu tropfen.

Die Kinder lachten. Im strengen Ton wies der Erzähler sie zurecht. Ich stand auf, unsicher, was nun zu tun sei. Doch es eilte bereits der Barkeeper mit einem Lappen heran. Meine Entschuldigung wischte er beiseite. Wenig später war der Boden wieder sauber und mein Tisch leer. Ich zuckte zusammen, als mich eine Hand am Arm berührte. Neben mir stand eines der Kinder. Es zupfte mich am Ärmel und zeigte zum Tisch des Erzählers. Als ich dorthin sah, winkte dieser mich heran. Voller Zweifel trat ich an den Nachbartisch.

Der Erzähler zeigte auf den Stuhl neben sich. Zögerlich nahm ich Platz. Er fragte etwas. Ich verstand ihn nicht. Ich bat ihn, sich zu wiederholen.

Er musterte mich interessiert und sah dabei aus, als ob er einer Stimme lauschen würde, die nur er hörte. Schließlich sagte er mit für meine Ohren betont klarem Englisch: „Woher kommst du?“

„Deutschland“, erwiderte ich, erleichtert, seine Frage verstanden zu haben.

„Bist du ein Tourist?“

Ich nickte. Dann sagte ich: „Ich wandere auf dem West Highland Way.“

„Allein?“

Ich zögerte. Warum fragte er das? Mein inneres Risk Assessment Team erstellte innerhalb von Sekunden ein Profil aus den mir bekannten Fakten: Mann, Ü60, große, kräftige Statur, Kinder, freundlich. – Zu freundlich? Ich weiß nicht. Mist, jetzt ist es zu spät. Selbst wenn ich sage, dass ich mit jemandem zusammen unterwegs bin, weiß er, dass es gelogen ist.

Statt einer direkten Antwort fragte ich: „Wieso?“

Mit einem Blick auf die 2 Kinder sagte er: „Manchmal gehen im Nebel Personen um."

Hatte ich das richtig verstanden? Gestalten im Nebel?

„Wie bitte?", versuchte ich noch weitere Informationen zu bekommen, doch in diesem Moment rief eine Frauenstimme vom Eingang des Restaurants: „Ich bin so weit! Los geht's!" Die Kinder sprangen von der Bank und rannten zu der Frau. Auch der Erzähler erhob sich, nickte mir kurz zu und verließ im Gefolge der Kinder und der Frau das Restaurant.

Kaum war die Tür hinter ihnen zugefallen, da öffnete sie sich erneut. Das deutsche Paar stand in der Tür, sah sich kurz um und steuerte dann direkt auf mich zu. Sie ließen sich neben mir auf die Bank fallen.

„Hi, was dagegen, wenn wir hier sitzen?"

„Ähm, ja klar. Ich meine, setzt euch ruhig."

„Was trinkst du?", fragte die Frau.

„Einen Cider."

„Ok, die erste Runde geht auf mich."

„Alles klar!"

Einige Pints später verabschiedete sich das Paar, um in ihr Hotel zurückzukehren. Nach einem Besuch der Toilette drängte es mich ebenfalls ins Bett. Als ich auf den Platz vor dem Green Welly Stop trat, wurde ich fast vom Nebel verschluckt. Er war nun so dicht, dass man kaum 10 Meter weit sehen konnte.

Die feuchtkalte Luft legte sich sogleich auf mein Gesicht, doch die Kälte störte mich nicht. Der Alkohol betäubte mein Kälteempfinden. Leicht wacklig auf den Beinen machte ich mich auf den Weg zum Hostel.

Als ich zur Brücke kam, sah ich, dass der Nebel über dem Bach besonders dicht war. Ich betrat die Holzbretter und ging einige Schritte. Unwillkürlich blieb ich in der Mitte der Brücke stehen und lauschte. Ich hörte den Bach leise vor sich hin säuseln. Und noch etwas anderes. Ein leises Schaben, gedämpft durch den Nebel, aber doch unverkennbar da. Sich stetig wiederholend. Waren das Kiesel, die über den Bachboden rollten?

Ein leises Zittern erfasste meine Finger. Die Haare an meinen Armen stellten sich auf und mit einem Mal musste ich an den Satz des Erzählers denken. Hatte er nicht gesagt, ich solle mich vor Gestalten im Nebel in Acht nehmen? Mein Herz schlug dumpf und hart von innen gegen meine Brust, mein Atem ging schneller. Jetzt war es nicht mehr nur der Alkohol, der meine Beine zittern ließ.

Das schabende Geräusch verstummte. Ich hielt den Atem an.

Klong.

Ich zuckte zusammen. Unterdrückte keinen Schrei. In Schrecksituationen tendiere ich dazu, zu verstummen. Ob das hilfreich oder nicht fürs Überleben ist, kommt wohl auf die Situation an. Ich verhielt mich stattdessen wie ein junges Rehkitz: ließ mich platt auf den Boden fallen und rührte mich nicht.

Unter mir wieder das Geräusch.

Klong.

So wie wenn Stahl auf Stein trifft.

Klong. Klong. Klong.

Und immer noch der Nebel, der sich von außen in meine Kleidung fraß, während mein Angstschweiß sich von innen durch die Textur arbeitete.

Klong.

Dann Stille.

Ich lauschte, alle Muskeln angespannt, mein Atem flach.

Nichts mehr.

HUUUUUUUUP!

Ich sprang auf, rannte über die Brücke und die Straße entlang Richtung Hostel. Mein eigener Atem so laut, dass ich kaum das Auto hören konnte, das langsam über die Brücke fuhr.

Ich legte den restlichen Weg zum Hostel im Sprint zurück. Mit jedem langen Schritt, den ich tat, lichtete sich der Nebel ein wenig. Die Eingangstür meines Bungalows wurde von einem sonnengelben Licht erhellt. Keuchend kam ich vor der Tür zum Stehen, kramte mit zittrigen Fingern meinen Schlüssel aus der Tasche, bekam ihn ins Schloss, indem ich ihn mit beiden Händen umklammert hielt, öffnete die Tür, trat ein und verschloss sie sogleich wieder hinter mir.

Aus der Küche schallten mir Lachen und das Klappern von Geschirr entgegen. Eine Gruppe aus jungen Männern und Frauen saß um einen Tisch herum und spielte UNO.

—

Am nächsten Morgen setzte ich meine Tour auf dem West Highland Way fort. Der Weg führte mich wieder über die Brücke. Als ich das Scharren und das Klong-Geräusch der gestrigen Nacht hörte, zuckte ich entsetzt zusammen. Doch lauter Jubel, der zugleich erklang, ließ mich meine Furcht vergessen. Die Neugier siegte. Ich sah hinunter ins Bachbett. 2 Frauen unterhielten sich aufgeregt. Die eine hielt eine Spitzhacke in der Hand, die andere stand über einem Brett mit Kieseln und zeigte ihrer Begleitung etwas auf ihrer Handfläche. Ich sah genauer hin. Es funkelte leicht in der Morgensonne. Es war ein teeny-tiny Goldnugget.

Apfelmesser

Wir Deutschen lieben unsere Taschenmesser. Eine nicht repräsentative Studie eines britischen Schriftstellerkollegen, der diese während seines 20-jährigen Daseins als Security Guard durchführte, ergab, dass die meisten deutschen Reisenden ein Messer mit sich führen. Nach dem Zweck des Messers befragt, gaben alle an, es zum Schneiden von Äpfeln zu nutzen.

Beim „Apfelmesser“ handelt es sich überwiegend um ein eher kleines Messer mit kurzer Klinge. Gelegentlich ist es ein Messer mit feststehender Klinge, der Griff oftmals aus Holz und die Klinge an der Spitze leicht gebogen. Typ „Kleines Küchenmesser“, je nach Herkunftsregion auch als „Knief“, „Küchenpetter“, „Grottenschnepper“, „Schneidteiferle“, „Kneipche“ oder „Hümmelchen“ bezeichnet.

Bei Reisenden noch häufiger anzutreffen allerdings ist der Typ „Klappmesser“. Es kommt oftmals in Form eines Schweizer Taschenmessers, das zusätzlich auch noch mit einem Flaschenöffner und einem Korkenzieher dienen kann. Beliebt ist außerdem das „Gentleman Folder“, das sich mit seinem glatt geschliffenen Holzgriff in die Hand schmiegt.

Auch ich bin ein großer Fan von Messern. Bieten sie sich doch gerade beim Wandern nicht nur zum Schneiden von Äpfeln, sondern auch zur Bearbeitung von Schnüren und Textilien aller Art an. Zusätzlich auch zum Schnitzen von Holz, Schneiden von Fleisch und was Outdoorliebende sonst noch so gebrauchen können.

Mein Messer habe ich schon seit meinem 18. Lebensjahr. Es war ein Geschenk meiner Eltern, das ich mir damals bei Globetrotter in Köln unter vielen anderen Messern aus einem Glaskasten aussuchte. Dabei handelt es sich um ein Modell aus einer in der Klingenstadt Solingen ansässigen Firma. Ein Klappmesser, das sich mal mehr, mal weniger einfach öffnen lässt. Wie lang die Klinge ist, kann ich an dieser Stelle nicht genau sagen.

Dieses kleine, aber feine Messer hat mich schon auf vielen Wanderungen begleitet und sollte auch mit nach Schottland kommen.

Da ich mit dem Flugzeug nach Großbritannien einreiste, verstaute ich mein Messer in meinem großen Wanderrucksack, gab diesen auf, flog nach Edinburgh, holte den Koffer vom Band, ging durch den Zoll, wurde nicht kontrolliert und fand meinen Weg in die Stadt hinein.

Ich erinnere mich nicht daran, ob ich das Messer in den darauffolgenden Tagen bei meinen Streifzügen durch die Metropole mit mir geführt habe. Das könnte daran liegen, dass ich keine Äpfel gekauft habe oder dass ich nach einer Kneipentour mit Whisky Tasting zu verkatert war, um aus meinem Hostelbett zu steigen.

Jedenfalls nahm ich schließlich den Zug nach Glasgow und stieg um nach Milngavie. Irgendwann in Milngavie oder kurz außerhalb wird das Messer jedenfalls spätestens in meine Hosentasche gewandert sein. Getreu meinem Motto, dass man ja nie weiß, wann man so ein Messer auf einer Wanderung noch gebrauchen kann. Ich erinnere mich bei solchen Gelegenheiten gerne mit gewisser Abscheu an den Film „127 Stunden", der die wahre Geschichte des Bergsteigers Aron Ralston erzählt, der im Jahre 2003 für 5 Tage zwischen 2 Felsen eingeklemmt war und nur freikam, indem er sich den eigenen Arm abschnitt. Eklig, aber wahr. Kurze Bemerkung am Rande: Das hätte er mit einem Zweihandmesser nicht hinbekommen!

Nun gut, ich wurde bei dieser Wanderung übrigens nirgendwo eingeklemmt und besitze noch meine beiden originalen Arme.

Auch sonst spielte das Messer die nächsten Tage eher eine untergeordnete Rolle in meinem Wanderleben.

Erst an Tag 6 wurde das Thema Messer wieder interessant.

Ich hatte an diesem Tag gerade 2 große, bärige Typen kennengelernt, die ebenfalls den West Highland Way liefen. Nach kurzer Zeit gemeinsamen Weges stellte ich fest, dass es sich bei den beiden um britische Polizisten im Urlaub handelte. Wir befanden uns an einer etwas anspruchsvolleren Stelle des Weges, der Pfad führte gerade in unebenen Terrassen einen Hügel hinunter und war mal wieder von seichtem Wasser überspült und dementsprechend glitschig, als wir von einem jungen, athletischen Wanderer überholt wurden. Der junge Mann, keinesfalls älter als 25 Jahre, meisterte in wenigen schnellen Schritten den Abstieg. Die Polizistenbärchen grummelten. Ich meinte, einen Hauch Neid zu spüren, aber das mag ich mir auch eingebildet haben. Auf einmal stieß der eine den anderen an und brummte etwas von einem Messer und „Knife Act“ vor sich hin. Der andere nickte.

Wir gingen weiter. Irgendwann waren auch wir mit heilen Knöcheln den Hang hinuntergekommen, und nachdem wir auf der anderen Seite den Hügel wieder hinaufgeschnauft waren, trafen wir erneut auf den athletischen Mann, der sich gerade auf einem sonnigen Stein eine Mittagspause gönnte. Ich setzte mich ebenfalls, holte aus meinem Rucksack einen Apfel und wollte gerade mein Messer hervorkramen, als mir die Anspannung der Polizisten auffiel.

Ihre Blicke waren auf das Messer am Gürtel des jungen Mannes geheftet. Klinge und Griff mussten mindestens 20 Zentimeter messen. Die Polizisten tuschelten miteinander. Sie schienen sich uneins. Der junge Wanderer schaute zu ihnen hin. Er wirkte nervös. Eilig packte er sein Essen ein und verschwand.

Die Polizisten diskutierten nun lauter. Ich erfuhr, dass die meisten Messer in Großbritannien im höchsten Maße illegal sind. Die Polizisten überlegten, ob sie den Wanderer anzeigen sollten.

Ich dachte an das Messer in meiner Hosentasche. Ich biss in den Apfel, spürte die faserigen Reste zwischen meinen Zähnen hängen und beschloss, in Großbritannien keine Äpfel mehr zu essen!

Heidewanderweg
66-Seenwanderweg
Röth-See
Leuenberg 0.4 km

66-Seen-Weg

Wieso Brandenburg?

Gute Frage. Genau weiß ich es nicht mehr zu sagen, wie ich auf den 66-Seen-Weg gestoßen bin.
Natürlich kam es mir gelegen, dass man damit einen Abstecher nach Berlin verbinden konnte. Irgendwer, den man von früher kennt, wohnt schließlich immer in Berlin. Das scheint irgend so ein ungeschriebenes Gesetz zu sein: Irgendjemand zieht immer nach Berlin. Und bis diese Person wieder weggezogen ist, ist mit Sicherheit jemand anders, den man kennt, schon neu zugezogen.

Unser jemand heißt Ivan. Mein Mann Fabian und ich kannten ihn vom Karate-Training. Ein Jahr nach seinem Umzug nach Berlin wollten wir ihn auf unserem Weg zum 66-Seen-Weg besuchen.

Aber ich schweife ab. Der 66-Seen-Weg ist ein Weitwanderweg, der großräumig um Berlin herumführt. Damit sich der Kreis um die Hauptstadt schließt, müssen Wandernde insgesamt 416 Kilometer laufen. Ein Wanderführer in Papierformat von Manfred Reschke schlägt vor, die Strecke in 17 Etappen aufzuteilen. Da es sich um einen Rundweg handelt, hatten Fabian und ich die Qual der Wahl: An welcher Stelle sollten wir mit unserer Wanderung beginnen? Wir ließen unser Auto in der Nähe unserer Herberge in Erkner stehen. Nun hätten wir eigentlich direkt an dieser Stelle mit der Wanderung beginnen können. Wir hatten allerdings gar nicht vor, die ganzen 416 Kilometer zu laufen, sondern nur einen Teilabschnitt von etwa 120 Kilometern. Anstatt in Erkner zu beginnen, wollten wir, dass unsere Tour dort endete. Daher startete unsere Wanderung mit dem Gang zur S-Bahn-Station in Erkner. Von dort fuhren wir mit einem Umstieg zum Bahnhof Wensickendorf.

Hier begann unsere 6-tägige Wanderung, bei der wir auch einen Pausentag eingeplant hatten, um unseren kleinen Hund Yoshi nicht zu sehr zu belasten. Yoshi begleitete uns das erste Mal auf eine längere Wanderung, und wir waren unsicher, wie gut er mithalten würde. Damit wir Yoshi unterwegs auch tragen konnten, hatte ich extra einen großen 80-Liter-Wanderrucksack so umgenäht, dass wir unseren Pekinesen dort hineinsetzen konnten.

Yoshi war allerdings nicht das einzige Tier, das wir auf dem 66-Seen-Weg tragen mussten: An einer Stelle entlang eines Moors sammelte Yoshi an einem Tag über 30 Zecken ein, und ich selbst trug 5 Stück bis ins nächste Hotel. Den Abend verbrachten Fabian und ich damit, uns gegenseitig zu lausen.

Neben den Zecken setzten uns an einigen Tagen auch die Mücken sehr zu. Sie finden in den zahlreichen Seen entlang des Weges geeignete Brutstätten und sind dementsprechend im Sommer zahlreich.

Es sind jedoch die Seen, die dem 66-Seen-Weg einen gewissen Reiz verleihen. Gerade im Sommer, wenn die Sonne zur Mittagszeit hoch steht und die Mücken ruhen, sind sie eine wunderbare Gelegenheit zum Abkühlen.

Irgendwie scheint die Mark Brandenburg, also dieses mückenverseuchte Seenland, den Dichter Theodor Fontane sehr gereizt und inspiriert zu haben. Jedenfalls stieß ich bei der Recherche zum Weg immer wieder auf ihn. Er hat wohl eine gute Zeit hier verbracht.

Ansonsten hält sich der 66-Seen-Weg mit seinen Reizen doch sehr zurück. Ich kann zwar nur für die Strecke zwischen Wensickendorf und Woltersdorf bei Erkner sprechen, aber die flache, oftmals eintönige Landschaft schlug nach 2 Tagen nicht nur uns Menschen, sondern selbst dem Hund aufs Gemüt, der vergeblich nach den Spuren anderer Hunde suchte. Wir sehnten uns alle nach Abwechslung und vor allem nach anregenden Begegnungen mit anderen Wandernden. Leider trafen wir nur ein einziges Mal eine andere Wanderin. Sie lief jedoch nicht den 66-Seen-Weg. Vielmehr kreuzten sich wortwörtlich unsere Wege. Sie befand sich gerade auf dem Weg von München ans Meer. Am liebsten wäre ich aus unserer Rundwanderung ausgebrochen und mit ihr gelaufen. Aber dazu war ich dann doch nicht mutig genug – oder zu vernünftig.

Tipps & Tricks

Gute Erreichbarkeit

Der 66-Seen-Weg verläuft über flaches Gelände. Die Anstiege zu den wenigen Aussichtspunkten betragen maximal 150 Höhenmeter. Auf fast jeder Tagesetappe befindet sich mindestens ein Bahnhof, der sich von Berlin-Mitte aus erreichen lässt. Beinahe jede Etappe kann auch in der Mitte abgebrochen werden. Wer bereit ist, ein Taxi zu bezahlen, kann sich fast von überall abholen lassen.

Insektenschutzmittel einpacken!

Die größte Gefahr geht von Infektionskrankheiten aus, die in den Sommermonaten von Mücken oder Zecken übertragen werden können. Ich selbst habe auf dem Weg auch eine Tigermücke gesehen. Diese zumeist in Asien, Afrika und Südamerika lebende Mückenart verbreitet sich aufgrund des Klimawandels mittlerweile auch in Europa. Sie kann Krankheiten wie zum Beispiel das Denguefieber übertragen.

Der blaue Punkt

Ein blauer Punkt ist ein blauer Punkt ist ein See. Punkt.

Eigentlich aber sind es 66 Punkte, Verzeihung, ich meine Seen, auf dem Weg. Wie viele Wegweiser mit blauem Punkt es auf dem Weg gibt, kann ich nicht sagen, ist wohl aber auch eine fließende Angelegenheit, so wie Seen, die doch auch immer Zu- und Abfluss haben, auch wenn sie vermeintlich still vor sich dahinvegetieren.

Der erste Wegweiser für den 66-Seen-Weg, im Jahr 2000 angebracht, wurde jedenfalls schon nach einigen Wochen geklaut, trat also sogleich seine eigene, geheime Wanderung an. Wie weit ist er wohl gekommen? Vielleicht hängt er bei Gertrude und Hermann überm Bett, liegt im Keller von Sabine oder befindet sich nach erfolgreicher Auktion über Alibaba gerade auf dem Paketweg nach Xi'an?

Ein blauer Punkt ist ein blauer Punkt ist ein Hauptrundwanderweg.

Zumindest nach der Richtlinie zur Markierung von Wanderwegen im Land Brandenburg vom 5. November 1997: Demnach ist ein Hauptrundwanderweg als lichtblauer Kreis mit einem Durchmesser von 60 Millimetern auf reinweißem Grund in der Größe 100 x 100 Millimeter auszuweisen.

Nichts da also mit Blumenmuster oder Seemotiv, das wie See aussieht. Schließlich sind Seen selten kreisrund. ABER es könnte schlechtere Stilisierungen für Seen geben als einen blauen Kreis auf weißem Grund, zum Beispiel ein laubgrünes Kreuz auf weißem Grund. Da würde die Seen Assoziation dann doch etwas futuristisch anmuten.

Einträge aus dem Gedanken-Tagebuch eines Wegweisers

25. Juni 2000

Mein Weg wurde heute offiziell eingeweiht. Vorab haben sie ein Foto von mir gemacht! Das ist jetzt auf dem Cover des Wanderführers! Geil. Wie ich da ausschaue. Rein weiße Ränder, in der Sonne glänzend. Richtig schick!

13. Juli 2000

Ich sah gerade die Sonne hinter den Bäumen am Liepnitzsee verschwinden, als mich ein Geruckel an mir aus meiner allabendlichen Melancholie riss. Überrascht, aber bemüht höflich, fragte ich: „Guten Abend! Darf ich mich erkundigen, was Sie da machen?“

„Ich montiere dich ab.“

„Aha. Wer hat das veranlasst?“

„Ich habe es just in diesem Moment veranlasst und führe es nun durch.“

„Haben Sie dazu eine Befugnis?“

„Brauche ich nicht.“

„Dürfte ich dann wenigstens wissen, wieso?“

„Das ist mein Lieblingssee, mein Lieblingsweg und überhaupt meine Mark Brandenburg! – Andere sollen gefälligst woanders wandern gehen!“

„Aber, aber, man wird doch diesen Weg teilen können!“

„Nein, das denke ich nicht.“

17. Juli 2000

Mein Entführer heißt Theodor Fontane. Er trägt einen ganz ungeheuerlich buschigen Schnäuzer sowie einen Backenbart. Irgendwie wirkt er aus der Zeit gefallen und bisweilen trotz seines auffälligen Gesichtsschmucks leicht durchsichtig.

Wir hatten seit meiner Demontage weitere Gespräche. Schild sei Dank! Es hat ihn übrigens sehr überrascht, dass ein Wegweiser sprechen kann. Spontan entschloss er, mich nicht im Liepnitzsee zu versenken, sondern mich stattdessen mitzunehmen.

Wohin? Hat er mir noch nicht verraten.

30. Juli 2000

Regen ist scheußlich, wenn man platt auf dem Boden liegt, anstatt vertikal irgendwo angelehnt oder angenagelt zu sein. Theodor stimmt mir da zu 50 Prozent zu. Ja, Regen sei scheußlich. Nein, ob man ihm liegend oder stehend ausgesetzt ist, sei dabei egal.

Ich finde, dass er sich nicht beschweren sollte. Schließlich fällt der Regen durch ihn hindurch.

5. August 2000

Theodor bereut übrigens sein Werk „Wanderungen durch die Mark Brandenburg“. Er findet, dass sein Geschreibsel viel zu viele Leute in die Mark gelockt hat.

„Die haben alle keinen feinen Sinn für Natur und Landschaft!“

Ja, ja. So redet er, der Theodor. Langsam geht er mir auf die Nerven. Und was MIR noch gegen den Strich geht? Das Wandern überhaupt. Wegweiser weisen den Weg, sie wandern nicht!

10. August 2000

Ich liege jetzt doch im Wandlitzsee. Theodor und ich sind in den letzten 20 Tagen fast den ganzen 66-Seen-Weg gelaufen. Aber als wir dann nur noch ein paar Kilometer vom Liepnitzsee entfernt waren, bekam Theodor plötzlich einen Wutanfall.

„Im Kreis! Immer im Kreis! Verflucht bin ich. Verflucht sei dieser Weg! Verflucht sei dieser Wegweiser!“

Und nachdem er so gerufen hatte, schmiss er mich in den Wandlitzsee. Da bin ich nun. Die Algen beginnen schon, meine mittlerweile rostroten Ränder mit ihrem Grün zu überziehen. Eklig!

Lumpis Langeweile

Fernwandern mit Hund? Geht das wirklich?

Meine Antwort ist Jein. Irgendwie ist fast alles möglich, aber die Flexibilität leidet dann doch.

Schon bei der Auswahl der Hotels kommt es zu Einschränkungen. Zwar gibt es bei großen Onlineplattformen zur Suche von Hotelzimmern den passenden Filter – HAUSTIERE ERLAUBT –, aber damit hat sich die Auswahl an Hotels auch meistens schon auf ein Drittel oder noch weniger reduziert. Dabei ist gerade beim Fernwandern die Auswahl meist eh beschränkt. Soll doch das Hotel im besten Falle direkt am Fernwanderweg liegen oder zumindest in wenigen zusätzlichen Gehminuten zu erreichen sein.

Denn beim Wandern mit Hund müssen die Menschen noch zusätzliches Gepäck schleppen: Futter, Decke, Wasser und Co. müssen natürlich mitgenommen werden. Eventuell kann der Hund sein Wasser selbst tragen, aber das trifft wohl eher nur auf leistungsstarke Rassen, wie etwa Siberian Huskys oder Border Collies zu.

Womit wir zum nächsten Punkt kommen: Kondition. Die Halterchen mögen auch noch so fit sein, wenn die Kondition des Lumpis nicht ausreicht, bleiben nur zwei Möglichkeiten: Warten, bis der Hund sich erholt hat, oder das Tier tragen.

Unser Pekinese wiegt in etwa 6 Kilogramm und hat eine Dackelfigur: viel Rücken, wenig Bein. Man munkelt zwar, dass Yoshi der fitteste Pekinese in ganz Dortmund sei, aber trotzdem liegt seine Laufleistung bei kaltem Wetter doch bei maximal 8 Kilometer pro Tag. Dementsprechend war mir klar, wir würden ihn jeden Tag auch tragen müssen. 6 Kilogramm zusätzlich!

Monate vor der Wanderung kaufte ich einen 80-Liter-Rucksack und begann, ihn so umzunähen, dass unser Hund in der Mitte des Rucksacks liegen konnte. Ein von mir eingenähtes Moskito-Netz verhinderte das Herausspringen und ermöglichte genügend Belüftung.

Ich gebe zu, es ist nicht schön, aber es hat funktioniert. Zumindest für meinen Mann, der den Hund insgesamt 5 Tage lang immer wieder im Rucksack trug. Im Gegenzug trug ich unsere Snacks für zwischendurch. Als ich am vorletzten Tag selbst einmal probierte, den Hund zu tragen, musste ich nach knapp 30 Minuten einsehen, dass mein Rücken zu kurz für den großen Rucksack und die schwere Last war. Die Schultergurte schnürten mir im Halsbereich die Nerven ab.

Insgesamt waren wir 6 Tage unterwegs. An Tag 3 machten wir eine unserer geplanten Verschnaufpausen und blieben für 2 Nächte auf einem kleinen Reiterhof am Wegesrand.

Als wir uns an Tag 4 wieder auf den Weg machten, lief der Hund die erste Stunde fröhlich mit. Doch dann hatte er genug.

„Es ist soooo langweilig!“, sagte Yoshis Gang. Seine Rute trug er nicht mehr hoch erhoben und über seinem Rücken zusammengerollt. Stattdessen ließ er sie lang und nah am Boden hinter sich her schleifen.

Wo waren all die spannenden Gerüche? Wo waren die anderen Hunde? Und wieso ging der Weg immer stur geradeaus, durch eintönige Fichtenwälder?

Yoshi streikte. Er hatte keinen Bock mehr!!!

Fabian trug an diesem Tag auf der alten Römerstraße ziemlich viel und ziemlich lange.

Denn wenn ein Pekinese nicht mehr will, dann will er nicht mehr! Da ist er sich dann ganz sicher. Da helfen nur 2 Dinge: tragen ... oder liegen lassen.

Zeckenland – 66-Seen-Weg, Mark Brandenburg

Im Abseits des Abseits. So schien es mir. Hier, wo alle hinter Zäunen lebten, wo Bürgersteige aus Sand waren und unter den Absätzen bröselten wie die Wände von Traumschlössern.

Hier grüßten sie nicht, hier schauten sie bloß.

Wir wanderten auf dem Weg der 66 Seen. Wir sahen die Seen, wir spürten den Weg, wir fanden keine Menschen.

Mark Brandenburg. Abseitsland. Niemandsland?

Im Moor. Eichenleichen. Zeckenbrutstätte. Sie der Parasit. Wir die Wirte. Uns schmeckten sie.

Sumpfgebiet. Feuchtschwül. Tigermücke. Denguefieber. Schwarze Pusteln. Todestemperatur.

Renn!

Uff, pussst. Atmen. Luft.

Ok, nicht ganz so schnell. Wieso so viele Kilos auf dem Rücken? Bei mir Hundefutter, Napf und Bett. Bei dir Lumpi im selbstgebauten Tragekorb.

War schon Nachmittag. Aber hier gab's kein Feierabendbier. Keine Kneipe, kein Café. Wo, verdammt, war das Hotel?

Am Horizont Felder mit Windrädern und Baukränen. Wir gingen in Richtung der Kräne. Die Flügel von unfertigen Windrädern schaukelten in der Luft. Ominöse Vorzeichen?

Neben dem Feld ein großes Haus, davor asphaltierte Parkplätze. In der Mitte des Platzes eine Bruchbude aus Holz. Bevor wir sehen konnten, wer dort hauste, rochen wir es schon. Hühner – Kacke. Seit Tagen, wenn nicht Wochen, vor sich hingammelnd und lebendig werdend. Feucht – schwül.

Dahinter, die Rettung?

Im Nirgendwo, ein Hotel.

Die Eingangshalle sah aus ... ja, wie? Als ob es eigentlich ein Puff wäre, aber der Besitzer jetzt, in den Schulferien, einen auf Familienhotel machte.

Im Foyer flankierten Gartenzwerge die Freitreppe, die Stufen waren mit bordeauxrotem Samt belegt. In unserem Zimmer klebten Spiegel überm Kingsize-Bett. In der mintgrünen Badewanne schwammen Quietscheentchen mit Kapitänsmütze.

Im Restaurant standen die Stühle auf lachsfarbenem Teppichboden. Die Gardinen rot, die LED-Kerzen dahinter leuchteten in Rosé.

Die Wahl beim Essen lag zwischen Schnitzel mit Pommes oder Pommes mit Möhrchen. Am Nebentisch saß einer, der weder nach Familienvater noch nach Freier ausschaute, mit der Auswahl überfordert. Er aß Pommes mit Pommes.

Nächster Tag.

Römerstraßen. Kilometer geradeaus. Rechts Kiefern, links Kiefern, halblinks Kiefern, halbrechts Kiefern, geradeausrechts Kiefern, seitlichhintenlinks Kiefern. Hintenrumpirouette Jumping Jacks. Backflip. Sand.

Pfft. Lumpi hatte eine Meinung. Gäääähn.

Laaaangeweile. Pfft. Wenn selbst Lumpi keinen Bock mehr hatte.

Stop.

Übernachtung auf dem Ponyhof. Essen wurde knapp. Frühstücksplatte mit Sülze. Aber wer Hunger hat, isst eben alles. Das Reiten war eine Qual. Der Gaul wollte nicht galoppieren. Was war hier los? Ich dachte, in Berlin sei immer High Noon!

Jemand lachte. War ich es?

Berlin. Berlin war hier nicht. Nur die Mark. Das Abseits. Das Randgebiet.

Wir liefen wieder. Es war müßig. So müßig. Wir wollten Kaffee. Aber fanden keinen. Denn mittlerweile hatten wir es gesehen: Auf den Wanderweg-Warnschildern stand „Öffentliches Kaffeetrinken untersagt“.

Kaffee war hier reguliert, wurde portioniert, eingetütet, nach Berlin verkauft und verschickt! Mit gelber Eilsendung. Rückversand nur mit blauem Paket!

Keine Menschen, kein Kaffee. Nur der Mann, der Hund, die Tigermücken und die Zecken.

66-Seen-Weg, Mark Brandenburg.

Die Kolonie

Mein Name ist 46Quant. Ich bin das einzige Überlebende unserer vierköpfigen Crew.

Unsere Mission begann vor 55 Blibb.

Das Ziel: zusammen mit 43Quant, 44Quant und 45Quant die Oberfläche des Planeten X214Z zu erkunden und auf seine Tauglichkeit als Standort für eine neue Kolonie zu prüfen.

Forsch-Quants hatten erste Tests aus der Sicherheit eines Raumschiffs durchgeführt. Sie sagten, dass der Planet X214Z vielversprechend sei. Ein Big Data Check habe ergeben, dass die dominante Spezies regelmäßig zu Wanderungen aufbreche. Wanderungen führen bei Organismen zu Stress. Stress ist eine Emotion, die eine Vielzahl von Kalorien enthält. Wir Quants ernähren uns nämlich von den Emotionen anderer Spezies. – Meine Crew wurde also auf einer Wanderroute abgesetzt, die unser Grundbedürfnis an Nahrung abdecken sollte.

Der Big Data Check ergab außerdem, dass die bedeutendste Wanderroute in dem Areal Brandenburg eine Route sei, die an 66 Wassern vorbeiführe. Damit wäre das Grundbedürfnis Wasser abgedeckt.

Der Rest würde sich ergeben.

Vor 55 Blibb setzte eine Spiraltransportkapsel mich und die anderen 3 Quants auf einem der Wasser ab. Es war dunkel. Sofort versanken wir. Wer hätte ahnen können, dass es Wasser gab, die mehr als 20 Krizzels tief waren. Fantasterei!

Als ich das Wasser über meine Fühler schwappen spürte, bekam ich Panik. Wild schlug ich mit meinen Armen und Beinen um mich. Ich traf auch irgendwas, aber ob es die anderen

Quants oder etwa ein Bewohn des Wassers war, vermag ich im Nachhinein nicht zu sagen.

Irgendwann beruhigte ich mich wieder. Schließlich brauche ich keinen Sauerstoff zum Leben. Das Wasser an den Fühlern war einfach ein ungewohntes Gefühl für mich.

Den anderen ist es wohl ähnlich ergangen. Wir fanden erst mit dem Erscheinen des Lichts aus dem Wasser hinaus. Leider wissen wir nicht, was mit 44Quant geschehen ist. Es kam nicht aus dem Wasser. Nachdem wir eine Weile gewartet hatten, erklärten wir 44Quant für tot.

– So begann eine der misslichsten Missionen in der Geschichte der Quanterei!

Schnell fanden wir heraus, dass es neben der dominanten Spezies noch weitere gab. Sie waren emotionslos, aber glibberrünstig. Wir wissen nicht, woran es lag, aber sie stürzten sich eins nach dem anderen auf 43Quant. Mich und 45Quant ignorierten sie. Sie stachen mit einem Stachel in 43Quants Haut und saugten es an. Wir konnten sehen, wie Grünglibber abgesaugt wurde. Nach kurzer Zeit war es schon ganz durchsichtig. Wenig später war es tot.

Danach passierte lange Zeit nichts mehr.

45Quant und ich folgten der Wanderroute. Wir liefen und liefen, doch die dominante Spezies wollte sich nicht zeigen. Und ohne fühlende Spezies keine Emotion und ohne Emotion keine Kalorien.

40 Blibb nach Beginn der Mission fing 45Quant an zu straucheln. Nach 46 Blibb blieb es einfach liegen.

Ich ging weiter. Ich musste eine Emotion finden, oder ich würde auch verhungern.

Nun waren 55 Blibb vergangen. Ich fühlte mich schwach. Wo war diese dominante Spezies? Das hier war doch die bedeutendste Wanderroute der Region!

Wenn niemand von der Crew zurückkäme, würde die Mission als gescheitert eingestuft. Dann würde es keine Kolonie auf Planet X214Z geben.

Ein Verlust wäre das meiner Meinung nach nicht.

GPS-Sauerland-Tour

Sauerland Dream

Im Herbst 2019 kam in mir der Wunsch auf, einfach mal eine Tour zu machen, die vor meiner Haustür anfing und endete. Nun wohne ich im Dortmunder Süden, nah an der Grenze zu Schwerte, und wenn ich mit dem Hund im Aplerbecker Wald spazieren gehe, kann ich am Waldrand, wo der Mutter-Möller-Weg auf die Hüsingheide trifft, bei gutem Wetter die Hügel des Sauerlands sehen. Und da mich die fernen Hügel bei ihrem Anblick stets zu sich zu locken scheinen, wollte ich in ihre Richtung, durch und über sie wandern.

Damit die Runde nicht zu kurz wurde, plante ich gleich 2 Wochen für meine Wanderung ein. Außerdem wollte ich ausschließlich im Zelt auf Campingplätzen übernachten und zwischendurch sollte auch unser Hund Yoshi mitlaufen.

Die Dichte an Campingplätzen im Ruhrgebiet und im Sauerland ist zwar nicht allzu gering, aber wenn man von dem einen zum anderen laufen möchte, liegen doch unerwartet viele Kilometer dazwischen. So plante ich mehr als einmal eine Tagestour von 30 Kilometern ein. Dazu ein Rucksack mit Zelt, Campingkocher, Isomatte, Schlafsack und Wechselkleidung. Alles in allem etwa 12 Kilogramm, die ich tragen wollte.

Die Wahl der genauen Route zwischen meinen Übernachtungsstellen würde ich derweil einem wohlbekannten und vielgenutzten Navigationssystem aka Google Maps überlassen, das ich jeden Tag mit meinem Handy abrufen wollte.

Über die Hohensyburg würde ich zunächst bis ins südliche Hattingen wandern, von dort über Ennepetal weiter bis zur Wuppertalsperre, südlich an der Bevertalsperre entlang, um dann nach Osten an den Biggesee zu gelangen. Am See entlang Richtung Nordosten bis nach Finnentrop, wo ich den

Markierungen des Siegerlandweges, auch X5 genannt, über Plettenberg und Altena bis nach Iserlohn folgen würde. Von Iserlohn sollte meine letzte Tagesetappe mich wieder bis vor meine Haustür bringen. Laut Google Maps war meine Route 210 Kilometer lang und ich würde über 3.000 Meter hoch- und hinuntersteigen. Jedenfalls dachte ich, dass ich diese Strecke entspannt innerhalb von 2 Wochen laufen könnte, hatte ich doch auf dem Jakobsweg innerhalb von 14 Tagen 400 Kilometer geschafft und dabei durchschnittlich ein Gewicht von 15 Kilogramm getragen. Es sollte also nicht allzu schwer werden, oder?!

Tipps & Tricks

Physische Karten

Mittlerweile nutze auch ich zur Orientierung auf Wanderwegen oft und gerne GPS und Karten, die ich online auf meinem Handy aufrufen kann. Allerdings hat diese Art der Navigation auch schon in unpassenden Momenten versagt. Mir ist es schon passiert, dass sich mein Handyakku aufgrund von Hitze und Kälte viel schneller entleert hat als geplant oder die Internetverbindung mit einem Mal verloren gegangen ist. Deswegen kaufe ich mir als Backup immer noch eine Karte im Papierformat, die zumindest meine geplante Wanderroute sowie Höhenmeter aufweist. Gerade in den Bergen kann eine solche Karte überlebenswichtig sein!

Die richtige App finden

Zwar kann man bei Google Maps eine Route fürs Zufußgehen wählen, doch schlägt einem das Programm beinahe zu 100 Prozent Routen vor, die über Asphalt oder auch auf Straßen führen. Besser ist es, eine App, wie etwa Komoot, zu nutzen, die einem die Beschaffenheit der Wege anzeigt, also ob sie aus Asphalt oder Schotter bestehen, ob es sich um einen Pfad aus Erde handelt oder ob sie gänzlich unbefestigt sind.

GPS

Das Globale Positionsbestimmungssystem zeigt:
Noch 199 Kilometer zu gehen.

Es gibt kein Markierungszeichen auf dieser Route.
Es gibt keine Ratgeber für diesen Weg.
Es gibt niemanden, der ihn vor mir gegangen ist.

Das Globale Positionsbestimmungssystem zeigt:
Noch 3.102 Höhenmeter zu erklimmen.

Ich fühle mich einsam.
Ich fühle mich ausgesetzt.
Ich fühle mich verwundbar.

Das Globale Positionsbestimmungssystem zeigt:
Noch 2.988 Höhenmeter bergab zu gehen.

Eigentlich sollte dieser Weg sich nach Freiheit anfühlen.
Eigentlich wollte ich mich voll entspannen.
Eigentlich hätte sich alles anders entfalten müssen.

Das Globale Positionsbestimmungssystem zeigt:
Noch 35 Stunden Gehzeit zu überstehen.

Manchmal ist der Weg nicht das Ziel.
Manchmal ist das Abbrechen die Lösung.
Manchmal ist ein Zeichen wichtig.

Erinnerungen

Der erste Tag meiner Sauerlandwanderung sollte ein entspannter Nachmittag werden. Nur 12 Kilometer von meiner Haustür bis zum Campingplatz an der Hohensyburg. Das Wetter spielte mit: Tagsüber war es trocken und das Thermometer zeigte 12 Grad an. So startete ich am frühen Nachmittag bei mir zu Hause meine Wanderung. Es fühlte sich schon komisch an, mit einem großen Rucksack auf den so vertrauten Wegen im Aplerbecker Wald zu laufen, wo ich sonst alle paar Tage unseren Hund ausführte. Ich überquerte die B236 über die kleine Fußgängerbrücke am Restaurant Freischütz, ging noch ein paar Meter durch den Schwerter Wald, bis ich im Norden von Schwerte aus ihm hinaustrat. Von hier aus lief ich auf einem befestigten Radweg bis nach Holzen, durchquerte diesen kleinen Vorort von Dortmund und wanderte durch Wald und Wiesen bis Hohensyburg.

In dieser kleinen Ortschaft angekommen, schlug ich jedoch nicht den direkten Weg zum Campingplatz ein, sondern stieg weiter hoch auf die Anhöhe, auf der die Ruine der Syburg steht. Die Steine der Höhenburg, die bereits im Jahr 775 an dieser Stelle stand, beeindruckten mich jedoch wenig. Ich sah sie allerdings auch nicht zum ersten Mal. Hier hatte ich als Jugendliche mit meiner Clique zur Musik beim jährlich stattfindenden Musikfestival „Rock in den Ruinen“ getanzt. Hier gruben wir Flaschen mit unserem eigens zusammengestellten Cola-Wodka-Gemisch aus der Erde, die wir Tage zuvor dort deponiert hatten, um die Taschenkontrollen am Eingang zu umgehen. Hier finden auch an Ostern die Mittelalterspektakel statt, bei denen man Schauspielenden in Ritterkostümen beim Tjosten zusehen, sich am Langbogen probieren und Kirschbier trinken kann.

Hier, an der Hohensyburg, gingen wir, als wir 18 wurden, auch gemeinsam ins große Casino, das ebenfalls auf dieser Anhöhe nur wenige Meter entfernt von der Burgruine steht. Dort entwickelte ich eine Abneigung gegen Casinos im Allgemeinen und Spielautomaten im Besonderen. Nicht, weil ich selbst dort viel Geld verloren hätte. Nein, es war der Anblick der in sich versunkenen Menschen, die je für sich an einem Automaten in einer der Hallen des Casinos saßen und wie Roboter oder vielmehr wie Zombies eine Münze nach der anderen in die Automaten einführten, während über ihnen eine stinkende Wolke aus Zigarettenrauch hing.

Hier gingen wir auch stets zum Kaiser-Wilhelm-Denkmal, um von dort über den Hengsteysee zu blicken. Das tat ich auch jetzt wieder, auf meiner Wanderung. Ein kräftiger Wind blies in mein Gesicht und ich war froh, eine Mütze dabeizuhaben. Zugleich fiel mir jedoch auf, dass meine Finger vor Kälte leicht schmerzten und ich keine Handschuhe eingepackt hatte. Ich verließ die Aussichtsplattform daher schon nach kurzer Zeit und ging hinunter zum Campingplatz. - Mir fiel auf, dass es bereits dunkel wurde. Es war Anfang Oktober und der Sonnenuntergang fand um 19:08 Uhr statt. Ich musste daher jeden Tag um kurz nach 7 am Ziel meiner Tagesetappe ankommen, wenn ich nicht im Dunkeln wandern wollte.

Google Maps hatte mir als Dauer des Fußweges von Aplerbeck bis zum Campingplatz Hohensyburg 2 1/2 Stunden angezeigt. Das war sehr optimistisch. Ich brauchte 4 Stunden für die Strecke. Bereits an diesem ersten Abend wuchs in mir wegen des frühen Sonnenuntergangs und der unzutreffenden Zeitangaben des Navis ein schlechtes Gefühl. Hoffentlich würde es so nicht weitergehen.

Pläne

Mit dem ersten Licht um 7 Uhr früh schälte ich mich aus meinem Schlafsack. Ich hatte erstaunlich gut in meinem kleinen Zelt geschlafen, das ich zuletzt auf meiner Tour in Schottland auf dem West Highland Way benutzt hatte. Seitdem hatte es bei mir im Keller gelegen. Ich war froh, dass es in den 6 Jahren Ruhezeit anscheinend nicht zur Materialermüdung gekommen war. Zumindest hatte es der Nieselregen in der Nacht nicht ins Zeltinnere geschafft.

Auf einem Spirituskocher bereitete ich mir einen Kaffee zu. Dafür hatte ich extra den kleinsten Espressokocher mitgenommen, den ich finden konnte. Allerdings brauchten die gut 70 Milliliter Wasser fast 15 Minuten, bis sie zu kochen anfingen und durch das Sieb mit dem Kaffee gepresst wurden. Während ich auf meinen Wachmacher wartete, hatte ich also Zeit, noch einmal gedanklich meine Tagesplanung durchzugehen:

Im Norden der 50.000-Einwohner-Stadt Hattingen liegt südlich der Ruhr der Campingplatz An der Kost. Bis dorthin wollte ich es heute, am zweiten Tag meiner Wandertour, schaffen. Die 26 Kilometer sahen bei Google Maps machbar aus und auch die 6 Stunden Gehzeit klangen für mich realistisch.

Schließlich war mein Kaffee fertig. Er kühlte schnell in der Kälte des Morgens ab und ich bereute es, ihn zwischendurch beiseitegestellt zu haben, um schon mal das Zelt einzupacken. Vielleicht sollte ich weniger Multitasken und mehr den Augenblick, in diesem Falle meinen heißen Kaffee, genießen. Ich nahm mir vor, es am nächsten Morgen anders zu machen. Dann packte ich meine Sachen zusammen und brach auf.

Nachdem ich über das noch verschlossene Südtor des Campingplatzes geklettert war, schwitzte ich bereits. Zunächst blieb es danach jedoch flach und ich lief eine Zeit lang am Hengsteysee entlang, bis ich schließlich auf den Ruhrhöhenweg stieß. Eine kurze Recherche auf meinem Handy zeigte mir, dass dieser Fernwanderweg an der Ruhrquelle bei Winterberg beginnt und dem Verlauf der Ruhr bis nach Duisburg folgt. Dieser 244 Kilometer lange Fernwanderweg würde mich, wenn auch mit einem Umweg, ebenfalls nach Hattingen führen.

Mittlerweile war ich es bereits leid, alle 10 Minuten mein Handy zu checken, um zu sehen, ob ich noch auf dem richtigen Weg war. Wie viel einfacher war es, den gemalten XR, den Markierungen des Höhenwegs, zu folgen. Keine starren Blicke mehr auf den Bildschirm. Stattdessen konnte ich geradeaus schauen und an Bäumen und Zäunen nach den Zeichen Ausschau halten. So folgte ich einige Stunden lang den XR, die mich auf einer Anhöhe parallel zur Ruhr entlangführten.

Als ich jedoch am Nachmittag in Witten ankam und dort ins Muttental vordrang, war ich müde und hatte immer noch 11 Kilometer Weg vor mir. Meine Füße hatten Blasen und meine Hüfte Scheuerstellen vom Gurt meines Rucksacks. Ich konnte verdammt noch mal nicht mehr! Ich überlegte, ob es nicht möglich sei, irgendwo im Muttental zu übernachten. Doch in diesem ehemals Bergbau- nun Naherholungsgebiet ist immer viel los und es wäre mir wirklich unangenehm gewesen, beim Wildcampen erwischt zu werden. Kurz entschlossen legte ich eine Denk- und Kuchenpause im Bethaus der Bergleute ein.

Beim Studieren von Google Maps entdeckte ich, dass ich bei meiner Recherche einen Campingplatz übersehen hatte! Es gab noch einen neben der Beachsporthalle am Kemnader See. Das war meine Rettung! Zu Fuß dorthin zu gehen, war keine Option, aber der Bus fuhr! Während ich zurück Richtung Wittener Innenstadt zur Bushaltestelle lief, rief mich zudem meine Freundin Franka an. Sie wohnte in Bochum und wir verabredeten uns spontan zu einem gemeinsamen Essen in der Beachsporthalle.

So neigte sich der zweite Tag meiner Wanderung zwar eigentlich recht gemütlich bei einer Pommes Currywurst mit Franka dem Ende entgegen, doch war er sogleich eine Enttäuschung für mich. Ich musste mir bereits an diesem Abend eingestehen, dass die Wegstrecken zwischen meinen ausgesuchten Campingplätzen in Kombination mit dem Gewicht meines Rucksacks zu anspruchsvoll für mich waren.

Sauerland Blues

Kurzentschlossen entschied ich mich am Morgen des dritten Tages dagegen, weiter Richtung Hattingen zu wandern, sondern nahm den Zug nach Gevelsberg. Von dort wollte ich einen Campingplatz hinter Ennepetal ansteuern. An diesem Tag begleitete mich Franka. Sie hatte sich am Abend zuvor von meiner Wanderbegeisterung anstecken lassen und wollte nun zumindest eine Tagesetappe mit mir zusammen gehen. Wir trafen uns am Gevelsberger Hauptbahnhof und starteten gemeinsam den kurzen Treck durch die Gevelsberger Innenstadt. Mit Franka zusammen war der Weg bis Ennepetal eine Freude. Wald, Wiesen, Pferde. Schön.

Doch wieder waren wir zu langsam. Es wurde bereits dunkel, als wir Ennepetal über eine Landstraße verließen. Dann geschahen 2 Dinge auf einmal. Der Bürgersteig der Straße, auf der Autos 100 Kilometer pro Stunde fahren durften, hörte auf, und es fing in Strömen an zu regnen.

Trotzdem gingen wir den nicht ungefährlichen Weg an der Landstraße entlang, den Google Maps mir vorgegeben hatte. Wenn ein Auto aus der Dunkelheit angerast kam, schien sich mein Herz vor Furcht zusammenzuziehen. Ich wurde ganz starr und es war mir, als würde mein Körper versuchen, sich in sich selbst zu verkriechen. Je länger wir im Regen liefen, desto kälter wurde mir. Nun bereute ich es aus tiefstem Herzen, keine Handschuhe eingepackt zu haben. Meine Hände schmerzten. Irgendwann ließen wir endlich die Landstraße hinter uns und erreichten einen Campingplatz, auf dem ich eine kleine 3 Quadratmeter große Hütte für die Nacht gebucht hatte. Franka und ich gingen im Ort etwas essen und danach fuhr Franka mit dem Bus nach Hause. Sie war wirklich ein Goldstück, hatte sich den ganzen

Tag nicht einmal beschwert, weder über das Wetter noch über meine schlechte Routenplanung.

Später am Abend brachte mir mein Mann Fabian wie verabredet unseren Hund Yoshi vorbei. Yoshi, ein Pekinese mit überdurchschnittlich langer Schnauze, aber kurzen Beinen, war von der neuen Situation übrigens nicht begeistert. Die ganze Nacht drehte und wälzte er sich von einer Seite zur anderen, sodass weder er noch ich in einen ruhigen Schlaf fanden.

Am nächsten Morgen beschloss ich spontan, einen Tag Pause zu machen, und ging ohne Rucksack mit Yoshi an der nahegelegenen Heilenbecker Talsperre spazieren. Leider war das Wetter mir nicht wohlgesonnen. Nach einer Stunde fing es an zu regnen. Zudem waren meine Fingerknöchel über Nacht so angeschwollen, dass ich kaum eine Faust machen konnte. Meine Füße schmerzten. Ich fühlte mich ziemlich kaputt, dabei war das gerade mal Tag 4 von 14. Der Wetterbericht sagte eine weitere Woche voller Regen voraus. Es war zu viel! Regen, Kälte, zu schweres Gepäck, die Ungewissheit darüber, ob die weiteren Wege nicht ebenfalls gefährliche Landstraßen sein würden und nun auch noch die Verantwortung für den Hund.

Ich brach ab: Am Abend holte Fabian mich und Yoshi wieder ab. An dieser Stelle einen großen Dank an meinen Mann! Hätte ich auch noch mit öffentlichen Verkehrsmitteln zurückfahren müssen, hätte mich das an diesem Tag wirklich fertig gemacht!

Friendship goals

Manchmal wünsche ich mir das Alleinsein und die Einfachheit. Ich beginne, eine Wandertour zu planen. Es klingt so süß und verlockend, dem Alltag von Bildschirmen und Telefonaten für ein paar Tage oder gar Wochen zu entfliehen.

Doch das Handy wirklich nicht zu benutzen und nur als Backup mitzunehmen, ist eine eigene Herausforderung. Irgendwie ist es ja das moderne Schweizer Taschenmesser. Funkgerät, Taschenlampe, Karte, Kompass, Radio, Wetterbericht, Musikspieler, Fotoapparat, Kreditkarte und noch so viel mehr.

Manchmal fallen mir Begriffe zuerst auf Englisch ein, muss ich regelrecht nach dem deutschen Wort fahnden. Der Titel dieses Textes zum Beispiel. Friendship goals. Freundschaftsziele oder so ähnlich auf Deutsch. Auf jeden Fall so ein Begriff, der auch durch meine Handynutzung zustande gekommen ist. In diesem Fall durch Apps wie Instagram, YouTube und TikTok. Da sagen die Leute in den Videos, die ich so oft gucke, halt Dinge wie: cringe, backup plan oder friendship goals. Manchmal sprechen sie so, weil ihre Muttersprache Englisch ist oder weil sie, wie ich auch, so viel auf ihrem Handy durch die Apps scrollen und dort anderen Leuten beim Englischsprechen zuhören.

Friendship goal ist, spontan eine Freundin anzurufen, während man auf einem Campingplatz sitzt, und anschließend mit ihr an der angrenzenden Beachsporthalle ein paar wabbelige Pommes zu essen.

Friendship goal ist es, wenn die Freundin am nächsten Tag an einem Bahnhof im tiefsten Sauerland aus dem Zug steigt, um dich für einen Tag beim Wandern zu begleiten. Und das, obwohl Regen angesagt ist.

Friendship goal ist, gemeinsam im Dunkeln an einer Landstraße langzugehen, ohne der anderen Vorwürfe für die schlechte Wegplanung zu machen.

Da kommt das Handy übrigens auch wieder gut. Wenn es einem sagt, wo noch ein Restaurant offen ist und dass man, anstatt einen weiteren Kilometer auf der Landstraße zu gehen, auch auf diesen Feldweg abbiegen und dann noch 500 Meter durch den angrenzenden Wald bis zum Dorf gehen kann.

Aber ehrlich gesagt hätten wir das auch ohne das Handy geschafft. Oder halt was anderes. Handys sind schon gut. Aber Freundinnen aus Fleisch und Blut sind doch besser.

Siegerlandweg

Neustart

Es ist der Morgen nach dem Abbruch meiner Sauerland-Rundtour. Ich stehe zu Hause in unserer Küche und blicke auf die graue Straße vorm Haus, die nass vom Regen noch dunkler wirkt. Schon mehrere Male habe ich versucht zu arbeiten, mein Schreibprogramm gestartet, meine Fingerkuppen auf die Tastatur des PCs gesetzt. Aber dann: nichts. Ich komme einfach nicht in den Schreibfluss rein. Meine Kreativität ist nicht vorhanden. Ein Gefühl des Scheiterns lähmt mich. Immer wieder denke ich darüber nach, dass ich die Wanderung abgebrochen habe, frage mich, woran es gelegen hat. Hauptsächlich wohl an der zum Wandern ungeeigneten Route, die mir Google Maps vorgegeben hatte. Dazu das schwere Gepäck und obendrauf dann noch das nasskalte Wetter.

Ich schaue auf die App des Deutschen Wetterdienstes. Noch 2 Tage Regen, danach 5 Tage Sonnenschein. Soll ich es doch noch mal versuchen? Aber sicherlich nicht mit Google Maps. Eine Routenänderung muss her. Ich falte meine Wanderkarte des Märkischen Kreises auf. Auf meiner abgebrochenen Tour hat sie mir nichts genützt, da sie im Norden von Iserlohn und im Westen hinter Hagen anfängt. Ich hätte erst die Kerspetalsperre erreichen müssen, um mit dieser Karte navigieren zu können. Gut an der Karte ist, dass sie alle bekannteren Wanderwege im Märkischen Kreis angibt. Ich betrachte die Teilstücke meiner Route, die auf der Karte zu sehen sind. Dabei fällt mein Blick auf den X5. Diesem Wanderweg habe ich von Plettenberg bis Iserlohn folgen wollen. Die Stadt Iserlohn ist das eine Ende dieses Weges, aber wo liegt das andere?

Von einer plötzlichen Euphorie gepackt, erwecke ich meinen PC aus dem Ruhezustand und google den X5. Schnell erfahre ich, dass der X5 auch unter dem Namen Siegerlandweg bekannt ist. Nicht verwunderlich, denn das Ende des Weges liegt in der Stadt Siegen. Der vom Sauerländischen Gebirgsverein gepflegte Fernwanderweg hat eine Länge von 117 Kilometern. Im Internet finde ich außerdem eine Streckenbeschreibung, die eine Gesamtlaufzeit von 32 Stunden angibt und empfiehlt, den Weg in 5 Tagesetappen zu laufen.

Ein 5-tägiger Wanderweg? Hört sich für mich super an! Ich würde in 2 Tagen mit dem Einsetzen des vom Wetterdienst vorausgesagten Sonnenscheins starten. Allerdings würde ich nicht, wie die Streckenbeschreibung vorschlägt, von Iserlohn nach Siegen, sondern von Siegen nach Iserlohn laufen. Zudem würde ich meinen Rucksack um Zelt, Kocher und Schlafsack erleichtern. Stattdessen buche ich mir Unterkünfte in kleinen Hotels und Hostels in Hilchenbach, Bilstein, Plettenberg und Altena. Jetzt brauche ich nur noch 2 Tage Regen abwarten und dann heißt es wieder: Sauerland, ich komme!

Tipps & Tricks

Streckeneinteilung

Auf dem Siegerlandweg sind circa 3.700 Höhenmeter bergauf und auch bergab zu meistern. Ich selbst fand die Einteilung auf 5 Tagesetappen sehr anspruchsvoll und schlage eine Einteilung in mindestens 6 Tagesetappen vor. So bleibt einem auch noch Zeit, sich in den Städten einen Kaffee oder ein Mittagessen zu gönnen.

Übernachtung und Verpflegung

Eine Übernachtung in den großen Städten Altena und Plettenberg halte ich für unklug. Denn zwischen ihnen befinden sich einige kleine Gasthöfe, die neben einem Zimmer auch ein Abendessen anbieten. Gasthöfe, die vor 17 Uhr öffnen, sowie Bäckereien oder Cafés finden sich hingegen selten bis gar nicht auf dem Weg zwischen den Städten. Möchten Wandernde dennoch in den Städten übernachten, so sollten sie ihren eigenen Proviant und genügend Wasser für die Zeit zwischen Frühstück und Abendessen mitnehmen.

X5

Sprechen wir über das Zeichen von Hauptwanderweg X5, dem Siegerlandweg, nicht zu verwechseln mit X 5 (man beachte das Leerzeichen zwischen dem X und der 5), dem Zeichen des Hauptwanderweges der Emscher-Lippe-Region, der von Recklinghausen nach Dülmen führt.

Ich habe übrigens keine Ahnung, warum der Sauerländische Gebirgsverein (SGV), der beide Wege betreut, 2 komplett verschiedene Wege mit fast identischen Zeichen versieht.

Na ja, wenigstens hat der X5 einen Namen bekommen, anders als der ‚X Leerzeichen 5'.

Jetzt wollte ich schon schreiben, dass der X5, im Vergleich zu seinem Kollegen X2, dem Rothaarweg, Pech hatte, da der X2 ein eigenes schönes Zeichen in Form eines roten um 90 Grad nach links gedrehten R hat.

Dabei ist mir gerade noch aufgefallen, dass der X2, der Rothaarweg, nicht gleich Rothaarsteig ist. Also Korrektur: Der X2 hat auch kein schönes Zeichen, sondern halt nur ein X2.

Liegt vielleicht daran, dass der – aufgepasst! – Rothaarsteig seinen eigenen Verein hat und nicht vom SGV betreut wird. Der Rothaarsteig hat sogar eine eigene Homepage. Er ist quasi der Star unter den sauerländischen Fernwanderwegen.

Ähm, aber ich wollte ja über den X5 und sein Zeichen schreiben. Nun gut, hiermit stelle ich fest: Das Zeichen und der Name des Siegerlandweges ist das X5, ohne Leerzeichen!

Damit ist leider schon alles gesagt. Sorry, X5.

Fichten

Da lief ich also durchs Sauerland. Gestern hatte Fabian mich nach Siegen gefahren, wir waren gemeinsam auf den Siegberg hoch zum Schloss gestiegen und hatten den Blick über die Landschaft schweifen lassen. Danach verabschiedeten wir uns. Fabian fuhr weiter Richtung Frankfurt, um einen seiner Brüder zu treffen, ich suchte und fand das erste X5. Der Siegerlandweg führte mich ohne Abwege direkt aus Siegen hinaus und in den nächsten Wald hinein.

Irgendwie war dieses „in den Wald hinein“ auch das Motto der nächsten 2 Tage. Ein Fernwanderweg, der durch Wald hindurchführte. Zunächst waren es noch Laubwälder, aber je mehr Kilometer ich hinter mir ließ, desto öfter wurde das Laub durch Nadeln ersetzt, bis ich schließlich nur noch durch dichte Fichtenwälder lief. Ist das eigentlich noch Natur oder schon Industrie, wenn schnell wachsende Bäume in Reih und Glied nebeneinander gepflanzt werden, wenn Sattelschlepper mit schwerer Holzladung hintendran über die asphaltierten Straßen im Wald dröhnen?

Zum Glück verlief der X5 oft nicht direkt auf diesen Straßen, sondern meist bewegte ich mich auf kleineren Forstwegen, auf Erde und Steinen vorwärts. Doch der Lärm der großen Holztransporter und die Dichte der Fichten schmälerte für mich die Freude am Wandern. Auch die Sonne, die sich wie vorhergesagt durch die Wolken der vergangenen Tage schob, konnte ich nur in meinen ersten Stunden auf dem Weg genießen, als ich mich erst wenige Kilometer von Siegen entfernt hatte. Später wurden die Sonnenstrahlen von den dichten Fichten abgefangen.

Am ersten Abend übernachtete ich in einem Hotel an der Hauptstraße in Hilchenbach. Dort verbrachte ich einen eher langweiligen, aber erholsamen Abend in einem Einzelzimmer. Am nächsten Morgen erwartete mich ein unscheinbares Frühstücksbuffet. Ich wunderte mich nur über die internationalen Touris aus Kanada und China, die sich augenscheinlich im Urlaub befanden. Was wollten die hier? Ich hatte irgendwie nicht genügend Selbstvertrauen an diesem Morgen, um die Touris zu befragen, daher packte ich meinen Rucksack und begab mich wieder auf den Weg. Nach etwa einer halben Stunde durchquerte ich den Ortskern von Hilchenbach. Erst dort ging mir auf, dass „die Hauptstraße" wirklich nur die Adresse meines Hotels war und nichts über die Lage aussagte. Irgendwie hatte ich angenommen, dass dieses Hotel und die paar Häuser darum herum schon alles seien, was Hilchenbach ausmachte. Tatsächlich ist Hilchenbach eine 15.000-Einwohner-Stadt, deren Ursprung irgendwann um das Jahr 1.000 liegen soll. Der X5 führte mich an einigen schönen Fachwerkhäusern vorbei über den Hilchenbacher Marktplatz. Ein Schild wies zur Ginsburg. Die Ruine der Höhenburg liegt jedoch im Süden der Stadt, während ich mich in nördlicher Richtung fortbewegte. Ein Abstecher zur Burg hätte 10 zusätzliche Kilometer bedeutet. Ich verwarf diese Idee also gleich wieder.

Stattdessen ging es nun 20 Kilometer durch den Wald, nur kurz unterbrochen durch das Passieren des Ortes Welschen Ennest, an den ich mich jedoch kaum erinnern kann. Sonst sind mir von der Wegstrecke dieses zweiten Tages nur Fichten in Erinnerung geblieben. Es war eine einsame Wanderung und ich fragte mich mehr als einmal, was mich am Wandern eigentlich so begeisterte, dass ich es immer wieder tat. Anscheinend war es doch nicht nur die Natur, die mich dabei interessierte. Oder wenn Natur, dann musste sie irgendwie anders sein, natürlicher vielleicht? Weniger Nutzwald, dafür mehr ursprüngliche Baumbestände wäre sicherlich schön. Oder waren es doch die Begegnungen und Gespräche mit anderen Wandernden, die mich auf meinen vergangenen Touren belebt hatten? Sicherlich war das auf dem Jakobsweg der Fall gewesen und traf auch auf meine Tour auf dem West Highland Way zu. Auf beiden Wegen war ich zwar alleine gestartet, aber hatte doch jeden Tag Wandernde getroffen, die denselben Weg gingen. Hier im Sauerland war ich allein aufgebrochen und blieb auch allein. Niemand sonst schien den Siegerlandweg zu laufen und in den ersten 2 Tagen begegnete ich auch keiner Person, die nur eine Tagestour machte. Die einzigen Menschen im Wald waren Pilzsuchende und Menschen, die Bäume fällten oder begutachteten.

Bilstein

Ich trat aus dem Schatten des Waldes hinaus und plötzlich war alles anders. Der erdige Forstweg wurde mit einem Mal nicht mehr von dichten Fichten eingerahmt, sondern zu meiner Linken wiegten sich Grashalme in einem schwachen Wind und zu meiner Rechten lockten mich hinter einem Jägerzaun die rotgrünen Früchte eines Apfelbaumhains. Der Weg schien vermeintlich dort zu enden, wo sich vor mir der Blick auf ein kleines Tal eröffnete. Auf der mir gegenüberliegenden Talseite fielen die letzten Sonnenstrahlen des herbstlichen Nachmittags auf die Burg Bilstein.

Das Gebäude aus dem 13. Jahrhundert wird seit 1927 als Jugendherberge genutzt und genau dort hatte ich mir ein Bett für die Nacht reserviert. Um zu meiner Schlafstätte zu gelangen, musste ich jedoch erst mal ins Tal hinab, bevor ich auf der anderen Seite wieder hinauf zur Burg steigen konnte. Auf dem kurzen, aber recht steilen Weg hatte ich einen guten Blick über das Tal. Die Veischede, ein Fluss oder eher Bach, genau weiß ich es nicht zu sagen, fließt von Südosten nach Nordwesten mitten hindurch. Um das Gewässer standen einige Häuser und auch größere Hotels. Das war der Ort Bilstein, der offiziell zu Lennestadt gehört, das 7 Kilometer östlich von Bilstein liegt. Nördlich der Veischede thronte auf einer Anhöhe die Burg.

Ich war aufgrund des steilen Anstiegs bereits ganz schön am Schwitzen, als ich durch ein Tor den Vorhof der Burg betrat. Während ich meinen Atem beruhigte, trat ich an die Mauern der Burg heran und schaute hinunter auf Bilstein. Von hier hatte ich einen noch besseren Ausblick als von der anderen Seite des Tales, und ich konnte gerade noch die Wiese und den Hain ausmachen, wo der X5 aus dem Wald herausführte.

Ding, Gering, Ding – Ding, Gering, Ding.

Das war mein Handy! Ich kramte das Telefon aus meiner Hosentasche. Es war Franka!

„Hi Franka! Was gibt's?"

„Ich bin in einer Stunde in Bilstein."

„Echt? Mega!" Ich freute mich. Franka und ich hatten am Tag vorher ein paar Sprachnachrichten ausgetauscht, und sie hatte darüber nachgedacht, mich auf meiner Wanderung zu besuchen. Dass sie jetzt wirklich auf dem Weg war, fand ich super! Endlich wieder jemand zum Quatschen!

„Holst du mich vom Bus ab?"

„Ja, klar. Dann bis in einer Stunde!"

Zufrieden steckte ich mein Handy wieder ein und suchte die Anmeldung der Jugendherberge. Erneut ging ich durch ein Tor und betrat diesmal den deutlich kleineren Innenhof der Burg. Der Boden war wie auch schon beim Vorhof mit kleinen Steinen gepflastert. Das Wohngebäude selbst lag u-förmig vor mir. Die Wände, die zu mir zeigten, waren hell gestrichen und hatten viele Fenster. Die Rahmen der Fenster und Türen waren in einem kräftigen Rot-Braun gestrichen, das Dach mit grauer Schiefer gedeckt. Den Haupteingang der Burg erreichte ich über einen offenen Treppenaufgang. Davor stand ein Brunnen, der jedes Mittelalter-Klischee erfüllte: Ein Zylinder, aus groben Steinen und Mörtel zusammengehalten, darüber eine Holzkonstruktion mit Schieferdach und Querbalken, an dem man ein Seil mit einem Eimer befestigen konnte. Ob dieser Brunnen wohl echt war?

Auf jeden Fall war ich sehr erfreut über die Schönheit der Burg von außen, doch als ich das Innere betrat, kam mir sogleich das bürokratische Flair der Deutschen Jugendherberge entgegen. Wie bei Einrichtungen des Vereins DJH üblich, die ich bereits zu meinen Schulzeiten sowie bei früheren Reisen kennengelernt hatte, war die Übernachtung vergleichsweise günstig, die Einrichtung praktisch, aber ohne Charme. Wie gewohnt fühlte sich auch die Anmeldung nicht wie das Einchecken in einem Hotel oder Hostel an, sondern mehr wie ein Gespräch mit der Rektorin einer Schule. Nachdem ich die obligatorische Rezitation der Regeln hinter mich gebracht hatte, wurde mir das Mehrbettzimmer gezeigt, in dem ich ein Bett gebucht hatte. Dort standen 2 Etagenbetten. Abgesehen von Betten, Matratzen und Bettzeug war das Zimmer leer. Ich würde es eher als Zelle bezeichnen, was sich beliebig auf Gefängnis oder Kloster beziehen könnte. Ich persönlich tendiere zu Gefängnis, denn es fehlte das Kreuz an der Wand und außerdem hatte ich auf meiner Jakobswegwanderung durchaus schon in schöneren Klosterzimmern genächtigt. Nach einer schnellen Dusche war es dann auch schon an der Zeit, Franka vom Bus abzuholen.

Borrelhapjes

13 Minuten vor Mitternacht: Franka und ich saßen in einer kleinen Nische am Fenster und tranken. Nach dem Abendessen war ich von Wein auf Bier umgestiegen, Franka hingegen hatte ihr Getränk von Rot auf Weiß-Gelb gewechselt. Als ich leicht wankend zur Toilette ging, fragte ich mich, warum ich die Leute um mich herum eigentlich nicht verstand. Vielleicht lag es an der lauten Musik. Schon seit wir hereingekommen waren, spielte ein Schlager nach dem anderen. Aber auch die Wörter, die dabei gesungen wurden, kannte ich nicht. Egal, Franka und ich waren betrunken, aber gut gelaunt und die Leute um uns herum schienen noch besser drauf zu sein als wir. Soeben hatte eine ältere Dame mit gelben Haaren, die ein Kleid mit Leoparden-Muster trug, eine Polonaise gestartet. Die Menschenschlange schob sich gerade aus der hinteren Tür der Bar hinaus in die Räume des Hotels dahinter.

„Meinst du, die kommen wieder?“, fragte ich Franka. Franka zuckte nur mit den Schultern.

1 Minute vor Mitternacht: Die Polonaise schlängelte sich diesmal durch die Vordertür wieder in die Kneipe.

Mitternacht: Plötzlich erstarb die Musik. Alle außer uns Uneingeweihten fingen an zu klatschen. Der Barkeeper und 2 Kellnerinnen gingen mit Tabletts voller klarem Schnaps und Platten mit frittierten Häppchen und Käsestückchen durch die Menge.

„Borrelhapjes?“, fragte uns der Barkeeper.

„Äh, was?“, rutschte es mir raus.

„Borrelhapjes. – Ist umsonst.“

Franka und ich griffen zu. Wieso nicht? Dazu wurde uns je ein Schnapsglas auf den Tisch gestellt und dann noch eins und noch eins und noch eins und …

3 Stunden nach Mitternacht: Wir saßen auf der Burgmauer und schauten auf Bilstein hinunter.

„Nett hier“, sagte Franka.

„Könnte man noch mal machen“, meinte ich.

Hexentanzplatz

Am späten Nachmittag stieg ich aus dem dichten Fichtenwald ins Lennetal ab. Mit einem Mal lagen die Bäume hinter mir, meine Füße trugen mich über eine kurz gemähte Wiese. Rechts neben mir lag eine knöchelhohe Steinplatte zwischen grünen Halmen und Mulch. Die Inschrift darauf erzählte vom Geburts- und vom Sterbetag einer mir unbekannten Person. Schon über 10 Jahre war es her, dass ihr Körper hier zur Ruhe gelegt worden war. 3 Rosen, ihre Blütenblätter noch voller Wasser und leuchtend gelb, wiesen darauf hin, dass die Erinnerung an sie im Herzen von jemandem noch lebendig war. Vielleicht hatte der alte Mann sie dort hingelegt, der auf einer Bank saß und hinunter auf die Häuser der Stadt Altena blickte. Ich grüßte. Er nickte nur stumm.

Mein Weg führte mich weiter bergab, erst auf eine asphaltierte Straße, dann auf einen schmalen Pfad, der sich in Serpentinen, aber immer noch steil ins Tal wand.

Unten angekommen querte ich die Steinerne Brücke über die Lenne. Ich befand mich gerade wieder in einem Wohngebiet mit einzelnen Häusern, als mein Handy klingelte.

„Schiffmann?“

„Hallo, hier das Gästehaus Altena. Sie hatten für heute Nacht ein Zimmer bei uns reserviert?“

„Ja, genau.“

„Es tut mir wirklich leid, aber wir haben einen Wasserschaden. Wir müssen für heute Nacht alle Buchungen stornieren.“

„Okay. Gibt es eine Alternative, wo ich übernachten kann?“

„Das weiß ich nicht. Da wird sich das Buchungssystem drum kümmern. Auf Wiedersehen.“

Aufgelegt.

Ich seufzte. Ich hatte mich auf diese Unterkunft gefreut. Die Homepage von booking.com zeigte mir an, dass es für diese Nacht keine freien Zimmer mehr in Altena gab. Nicht einmal mehr ein Bett in einem Mehrbettzimmer auf der Burg Altena. Die Burg war nämlich nicht nur eine Burg, sondern zugleich auch die älteste Jugendherberge Deutschlands. Auch dort wäre ich gerne abgestiegen, obwohl auch diese Jugendherberge zum DJH e.V. gehört und ich deshalb, was Komfort und Atmosphäre betraf, keine hohen Erwartungen hegte.

Was tun? Wieder einmal war ich auf einer Fernwanderung und hatte für die Nacht kein Dach über dem Kopf. Tatsächlich war das ja keine neue Erfahrung. So ignorierte ich einen Anflug von Panik und beschloss, erst mal bis in den Ortskern von Altena weiterzulaufen. Vielleicht würde sich auf dem Weg noch irgendetwas ergeben.

Der Weg befand sich nun bereits wieder im Anstieg und anstatt weiter auf Straßen und an Häusern entlang zu verlaufen, führte mich der X5 einen Hügel hinauf, der von einem kleinen Wald bewachsen war. Eigentlich führt der X5 nur am Rand des Hügels entlang und danach schnurgerade auf die Burg Altena zu, die über der Stadt Altena thront. Aber am Hügel stieß ich auf ein Schild, das zum Hexentanzplatz wies. Immer schon haben mich der Gedanke an Magie beflügelt und die Erzählungen von Hexen beeindruckt. Für mich ist der Begriff ‚Hexe' gleichbedeutend mit einer Frau, die Wissen und Macht in sich trägt, die von den meisten Menschen nicht verstanden und deshalb gefürchtet wird. Ich wollte diese Macht ergründen und das Wissen teilen. Hexe sein, das wär's!

Der Wegweiser führte mich auf die Kuppe des Hügels. Dort befand sich eine kleine Lichtung. Sie war eher unscheinbar. Ich setzte mich auf einen Stein und versuchte zu fühlen, ob Magie in der Luft lag. Wie ich so dasaß und in mich hinein und um mich herum spürte, fiel ein Regentropfen auf mein Knie, dann ein zweiter auf meinen Arm und schließlich platschte ein richtig fetter Tropfen auf meinen Kopf. Wettermagie in Altena? Quatsch, es war der Beginn eines Gewitters und einer Nacht, in der es 6 Stunden lang durchregnen würde. Ich überlegte kurz, mich mitten auf die Lichtung zu stellen und mit der Wetterenergie zu spielen, aber dann siegte doch die Vernunft und ich lief geschwind den Hügel hinab bis zum Eingang von Burg Altena. Leider war es schon 18 Uhr und die Burg hatte für Touris gerade ihre Pforten geschlossen. Mir blieb nur der Weg hinab zur Stadtmitte. Mittlerweile hatten sich die Tropfen zu einem steten Regen verdichtet. Ich suchte Unterschlupf an einer Bushaltestelle. Eine elektronische Tafel zeigte an, dass in 2 Minuten ein Schnellbus nach Iserlohn Bahnhof fahren würde. Ich dachte daran, dass ich kein Zimmer für diese Nacht hatte.

Als der Bus nach Iserlohn Bahnhof an der Haltestelle hielt, stieg ich ein. Die Magie des Sauerlands war vorbei.

Hirvaan Kierros

Salamajärvi National Park

In Finnland gibt es 41 Nationalparks, die in etwa 3 Prozent der Landesfläche ausmachen. Die finnischen Nationalparks dienen dem Schutz der Natur und der darin lebenden Wildtiere, können von uns Menschen aber auch zur Erholung genutzt werden. Auf der offiziellen Homepage der finnischen Nationalparks steht dazu geschrieben: „Du kannst dich jederzeit in die Ruhe dieser Nationalparks zurückziehen und dich an den Errungenschaften des Naturschutzes erfreuen, indem du diese wesentlichen Elemente respektierst: Natur und Frieden und Ruhe."

Mit diesem Rat fahren Reisende in Finnland generell ziemlich gut. Soweit ich es nach meinem kurzen Aufenthalt in Finnland beurteilen kann, sind Zurückhaltung und Ruhe wesentliche Bestandteile der finnischen Kultur. Es schadet daher nicht, sich auch in den finnischen Städten nach diesen Prinzipien zu richten.

Aber zurück zur Natur. In den Nationalparks gibt es markierte Wanderrouten und ausgewiesene Übernachtungsstellen, oftmals mit Schutzhütte, Plumpsklo und bereits grob geschlagenem, trocken gelagertem Holz fürs Feuermachen.

Das alles wussten mein Mann Fabian und ich nicht, als wir im Mai 2022 zu einer Wandertour im Salamajärvi National Park aufbrachen. Denn diesmal hatte ich mich gegen eine selbst organisierte Tour entschieden. Es sollte Fabians erste mehrtägige Wandertour mit Übernachtung im Zelt werden und ich wollte nicht die Person sein, die ihm die Dos und Don'ts des Fernwanderns nahebringt. Es ist doch angenehmer, wenn ein Profi-Guide dem Mitreisenden sagt, was zu tun und was zu lassen ist. Ich konnte mir so die „Das hab ich dir doch gesagt"-Sätze sparen. Diese Vorgehensweise kann ich übrigens allen Paaren, die zum ersten Mal gemeinsam eine längere Tour machen, nur wärmstens empfehlen. Es sollen schon viele Beziehungen beim Wandern kaputtgegangen sein.

Wir buchten also beim finnischen Touranbieter Taiga Times eine Fünf-Tages-Tour auf dem 58 Kilometer langen Hirvaan Kierros. Dieser Rundweg befindet sich im Salamajärvi National Park. Der Park liegt circa 400 Kilometer nördlich von Helsinki und ist von dort aus in etwa 5 Autostunden zu erreichen. Salamajärvi National Park wurde im Jahr 1982 gegründet, ist 65 Quadratkilometer groß und umfasst insgesamt ein Wanderwegenetz von 70 Kilometern. Der Park ist bekannt dafür, dass in ihm wilde Rentiere leben. Die Landschaft besteht aus einer Mischung aus Birkenwald, Seen und Moor. Oft queren Wandernde auf dem Hirvaan Kierros sumpfiges Gebiet, indem sie über schmale Holzbalken laufen, die von der Parkverwaltung ausgelegt und regelmäßig erneuert werden.

Fabian und ich hatten uns auch, aber nicht nur wegen der Rentiere, die wir übrigens nicht gesehen haben, für den Hirvaan Kierros entschieden. Bei unserer Suche nach passenden geführten Touren war uns schnell aufgefallen, dass die Touren entweder nur auf Finnisch angeboten wurden oder in Lappland stattfanden, was uns doch etwas zu weit weg von Helsinki war. Unsere Wahl fiel daher sehr schnell auf Taiga Times, ein 1-Mann-1-Frau-Team, bestehend aus Kiia, gebürtiger Finnin, und ihrem Partner Jeff, der aus Kanada stammt. Bei den Touren von Taiga Times ist die Umgangssprache Englisch, was uns sehr entgegenkam. Zum Zeitpunkt unserer Buchung war die Tour im Salamajärvi National Park außerdem die längste Wanderung, die Taiga Times anbot, was uns die Entscheidung für diese Tour sehr erleichterte. Übrigens kann ich eine Wanderung mit Taiga Times nur empfehlen. Es war tatsächlich bisher die Wandertour mit dem meisten Komfort für mich, wenn auch die teuerste! Dafür musste ich mir über An- und Abreise, Strecken- und Essensplanung keinerlei Gedanken machen. Dreimal täglich gab es eine warme Mahlzeit und sogar Kaffee wurde uns unterwegs gekocht!

Tipps & Tricks

Hüttensystem beachten!

Im Salamajärvi National Park wird zwischen „Open Wilderness Hut“ und „Rental Hut“ unterschieden. Die Open Wilderness Huts können von einzelnen Personen oder kleinen Gruppen für 1–2 Übernachtungen genutzt werden. Größere Gruppen oder kommerzielle Touranbieter sollen diese Hütten für die einzelnen Wandernden frei lassen und stattdessen die Rental Huts reservieren oder in selbst mitgebrachten Zelten schlafen.

Achtung!

In Finnland startet der Sommer oft später als in Deutschland. Auch im Mai kann es noch zu Minustemperaturen und Schneefall kommen. Überschwemmungen sind ebenfalls möglich, da viele Wege durch Moorlandschaften führen. Vor Anreise sollten die aktuellen Wetterbedingungen beachtet und je nach Länge der Wandertour Extra-Ausrüstung für eventuelle Kälteeinbrüche und Nässe mit eingepackt werden.

Gepiercte Rentiere

Im Salamajärvi National Park lebte einmal ein junges Rentier. Es war ein wildes Rentier und das war laut seiner Mama etwas Besonderes: „Wir sind wild. Das ist nur eine kleine Minderheit von Rentieren in Finnland. Die meisten anderen sind Haustiere."

„Hyvää ruokahalua", meinte das junge Rentier daraufhin zu seiner Mutter. Das ist Finnisch und bedeutet ‚Guten Appetit'. Denn das junge Rentier interessierte sich nicht besonders dafür, ob es nun wild oder domestiziert war, solange es nur genügend zum Fressen gab. Und gerade war es dabei, einen Blaubeerbusch zu verspeisen.

So lebte das junge Rentier ganz unbeschwert, bis es eines Tages am Rand des Waldes einen Stier traf.

„Was hast du da in der Nase?", fragte das Ren.

„Einen Nasenpiercing. Septum. Ist gerade der geilste Scheiß bei uns Wiederkäuern."

„Ich bin auch ein Wiederkäuer."

Der Stier sah das Rentier von oben herab an. „Tja, dann bist du wohl ein ziemlicher Hinterwäldler, oder?!"

Darüber musste das Rentier ein paar Sekunden nachdenken. Dann meinte es: „Ja, das kann man wohl so sagen. Ich wohne schließlich dahinten im Wald."

Der Stier stöhnte genervt.

„Ja, denn. Ich bin dann mal wieder weg", sagte das Rentier und sprang zurück in den Wald.

Ab diesem Tag konnte das Rentier seine Blaubeeren, Flechten und Moose nicht mehr so genießen wie früher. Immer wieder musste es an den Nasenring des Stiers denken.

„Ich muss auch so was haben", formte sich schließlich ein Gedanke beim Rentier.

Als es jedoch seine Mutter fragte, wo es einen solchen Ring bekommen könne, schüttelte diese nur mit dem Kopf. „Du bist ein wildes Rentier. Wilde Rentiere tragen keinen Nasenring. Das ist nur was für Domestizierte."

„Dann bin ich ab diesem Tag halt domestiziert!", rief das junge Rentier. Leise fragte es: „Was bedeutet eigentlich domestiziert?"

Seine Mutter schüttelte nur mit dem Kopf.

Doch das junge Rentier ließ sich nicht entmutigen. Es suchte erneut den Stier auf.

„Was bedeutet domestiziert?", fragte es wieder.

„Domestiziert kommt vom lateinischen ‚domus'. Das bedeutet ‚Haus'. Also etwas, was im Haus wohnt."

„Woher weißt du so was?"

„Na, ich hab das große Latinum", brüstete sich der Stier.

Das Rentier verstand nur ‚Haus'. Da das einzige Haus, das es kannte, das Besucherzentrum des Salamajärvi National Parks war, ging es dorthin.

Mit einem Huf verlangte es an der Tür nach Einlass.

Als ihm von innen geöffnet wurde, stürmte es hinein. Drinnen saßen gerade einige Besuchende beim Frühstück. Wäre das Rentier irgendwo anders als in Finnland in ein Haus gerannt, hätte es wahrscheinlich Aufregung und viele laute Worte gegeben. Da aber nur finnische Menschen an den Tischen saßen, sagten sie ... nichts, als das Rentier hineinlief.

Stattdessen blickten sie das Rentier an und das Rentier, das von den starren Blicken der Allesfressenden gebannt wurde, blieb stocksteif stehen und schaute mit großen Augen zurück.

Schließlich fasste sich das Rentier wieder und fragte: „Ich bin im Haus. Wo ist jetzt mein Nasenring?"

Doch nichts geschah. Die Menschen schwiegen und das Rentier, das sich mittlerweile im Haus umsah, konnte keine Ringe in der passenden Größe entdecken.

„Der Stier ist ein Lügner!“, rief das Rentier entrüstet. Dann drehte es sich im Kreis, warf dabei den Frühstücksbuffettisch um, rannte aus dem Haus und zurück in den Wald.

Seitdem hat niemand mehr ein Rentier im Salamajärvi National Park zu Gesicht bekommen. Böse Zungen behaupten sogar, dass die ‚wilden‘ Rentiere von Salamajärvi gar nicht existieren.

Sauna Times

Wir saßen im Garten meines Cousins. Mein Hintern wurde langsam kalt auf dem dünnen Kissen, das ihn von den Paletten trennte. Auf so einer selbstgebauten Palettenliege saß es sich unbequem, aber die Einfachheit der Konstruktion gefiel mir auch. Es war um die Mittagszeit, Fabian und ich waren erst vor einer knappen Stunde aufgestanden und gleich würden wir Würstchen grillen. So ließen wir es uns gut gehen im Mai 2022, eine Stunde Autofahrt von Helsinki entfernt, bei 12 Grad Celsius und mit der Sonne im Gesicht. In meiner Hand hielt ich ein Bier. Davon hatten Fabian und ich etwa 10 Stück mitgebracht, als Gastgeschenk neben dem Gin. Aber das Bier tranken wir gerade selbst. Es waren auch nur noch 2 Flaschen übrig.

Wir ließen uns nun schon eine gute Woche treiben. Hatten uns mitziehen lassen von meinem Cousin, der mir schon fast ein wenig leid tat, da er seine Cousine plus Mann nicht nur beherbergen, sondern auch bespaßen musste.

Nachdem mein Cousin uns vom Fähranleger abgeholt hatte, zeigte er uns ein kleines Café in Vuosaari.

„Was wollt ihr in Helsinki so machen?“, fragte er, während ich an meinem Cappuccino nippte. Erst da fiel mir auf, dass ich keine Pläne für Helsinki gemacht hatte. Ich hatte weder in einen Reiseführer geguckt noch irgendetwas online über die Stadt gelesen.

Der Plan begann erst nach unserer ersten Urlaubswoche. Der Plan hieß Taiga Times. Eine geführte 5-Tages-Wanderung durch den Salamajärvi National Park. Übernachtung im Zelt. Und heute war der letzte Tag dieser ersten Faulenz-Woche. Morgen würde die Tour beginnen!

Jetzt aber waren die Würstchen fertig. Fabian schob 2 auf meinen Teller. Ich stand auf, denn mittlerweile war ich etwas eingefroren. Machte aber nichts. Gleich nach dem Essen wollte mein Cousin uns eine besondere Sauna zeigen. Mit dem Auto fuhren wir 45 Minuten Richtung Helsinki, bogen anschließend auf eine kleine Straße ab, die nicht geteert, sondern nur mit Schotter belegt war. Die Straße war von Bauzäunen umgeben und erweckte den Eindruck einer engen Gasse. Wo befanden wir uns? Mit Metropole schien es hier nicht weit her zu sein. Schließlich endete der Schotterweg und wir hielten vor ein paar Büschen.

Wir holten Bademäntel und Handtücher aus dem Auto und die letzten Flaschen Bier. Nacheinander gingen wir zwischen den Büschen durch und stießen schon auf die ersten Menschen. Einige trugen Schwimmkleidung oder hatten sich ein Handtuch um die Hüfte geschlungen, andere waren vollkommen nackt. Ein paar junge Kerle saßen auf Liegestühlen vor einem Bauwagen und tranken Bier, eine alte Frau zog an einer Zigarette. Hinter dem Bauwagen lagen grobe Steine, ein Steg und das Meer. Neben der alten Frau, die sich am Arm einer nicht wesentlich jüngeren Frau festhielt, schwang die Tür des Bauwagens auf, Hitze strömte heraus, dicht gefolgt von 3 dampfenden Körpern mit roten Köpfen und Schweißperlen auf den Gliedern. Eine junge Frau in einem blauen Bikini ging bestimmten Schrittes zum Ende des Stegs und stieg über eine kurze Metallleiter ins Meer. Für mich unhörbar glitt ihr Körper ins Wasser. Sie schwamm.

Mein Cousin stieß mich an. „Lass uns gleich mal reingehen. Mir wird kalt."

Ich schaute mich nach Fabian um. Er hatte bereits Schuhe, Jeans und T-Shirt an einen Haken an einer Art Garderobe gehängt. Jetzt zog er gerade seine Socken aus. Seine Unterhose behielt er an. Ich entschied mich ebenfalls für diese Variante:

Alles ausziehen, bis auf die Bikinihose. Brüste raus. Handtuch um die Hüften. Damit fühlte ich mich wohl.

Ein wenig Sorge machte mir nur mein neues Nasenpiercing. Ich hatte mir das Septum erst vor 3 Wochen stechen lassen. Somit war es eigentlich zu früh, um damit in die Sauna zu gehen. Aber Finnland ohne Sauna? Das wäre doch ein Verbrechen. Es würde schon gehen, sagte ich mir.

Es ging auch, obwohl der goldene Ring sich zwischenzeitlich ganz schön heiß anfühlte. Der Rest von mir allerdings auch. Warum übertrieben es die Menschen hier eigentlich so mit der Hitze in der Sauna? Mussten es gleich 300 Grad sein? Reichten nicht auch 70? Ich saß seit 5 Minuten im Bauwagen und schon schmerzte die trockene Hitze auf meiner Haut. Geschwitzt hatte ich noch nicht oder trocknete die Feuchtigkeit schon bei ihrer Entstehung? Eine weitere Minute verging. Ich wollte schon durch den Mund atmen, so sehr brannte es in meinen Nasenlöchern. Aber ich wollte noch nicht raus. Neben mir wurde Fabian immer unruhiger. Schließlich schnappte er sich sein Handtuch und verließ den Bauwagen. Kalte Luft strömte herein. Herrlich. Bei meinem Cousin tropfte der Schweiß schon von seinen Ellbogen und der Nasenspitze. Wahrscheinlich schwitzte er als geübter Saunagänger schneller. Langsam bildeten sich auch kleine Perlen auf meiner Haut. Ich verrieb sie, um ein Gefühl von Feuchtigkeit auf meiner Haut zu bekommen. Es reichte nicht.

„Ich muss raus“, sagte ich leise. Dabei könnte ich auch laut reden. In dieser Sauna war fast alles erlaubt. Nur keine Glasflaschen.

Beim Rausgehen wankte ich ein wenig, aber mein Gleichgewichtssinn machte dann doch mit. Ich suchte Fabian. Er saß mit Bier auf einer Bank und schaute aufs Meer.

„Warst du drin?“, fragte ich ihn.

„Noch nicht.“

„Ich probier's mal", meinte ich und ging zum Steg. Das Holz fühlte sich glitschig an, die Sprossen der Leiter unter meinen nackten Füßen kalt. Das Wasser war noch kälter. Ich stieg nur ganz langsam rein. Nun ging mir das Wasser bis zu den Waden. Nein, so funktionierte das nicht! Falls ich weiterhin so langsam ins Meer stiege, würden meine Zehen zu Eiswürfeln erstarrt sein, noch bevor mein Bauchnabel überhaupt einen Tropfen Wasser abbekäme. Und außerdem bildete sich am Stegende schon eine Schlange aus nackten Leibern. Die Menschen wollten ins Meer! Nun gut. Dann anders. Hoffentlich bleibt mein Herz nicht stehen, dachte ich noch, während ich mich mit meinen Armen von der Leiter wegstieß und rückwärts ins Meer fiel.

Hirvaan Kierros

Paranoid

Den Saunagang mit Sturz ins eiskalte Meer hatte ich überlebt, aber als ich am kommenden Tag zu einer gottlosen Uhrzeit aufstand – 7 Uhr morgens – und mich vor den Spiegel stellte, fühlte sich meine Oberlippe irgendwie komisch an. War sie geschwollen?

Ich betastete mit meinen Fingerkuppen mein Gesicht. Ja, irgendwie leicht schwammig. Auch die Nase. Kreisförmig um mein neues Piercing herum. Blöd, musste vom Saunagang gekommen sein, war anscheinend doch noch zu früh gewesen. Aber jetzt blieb keine Zeit, länger darüber nachzudenken.

In kaum einer halben Stunde würde uns Taiga Times einsammeln, dann würden wir mit unseren beiden Guides und zwei anderen uns noch unbekannten Personen zum Salamajärvi National Park fahren. Was für ein Service. Schon fast extravagant für meine Verhältnisse. Eine geführte 5-Tages-Tour zu buchen. Dann sogar mit dem Bus bei der Unterkunft eingesammelt zu werden. Die Fahrt, das Essen, die Zelte, die Route, das Wetter. Um all dies würden unsere Guides sich kümmern. Ja, das Gefühl von Abenteuer war nicht so groß wie bei selbst geplanten Touren, aber diese Entspannung, die dadurch kam, die Verantwortung abgegeben zu haben, war herrlich. Vor allem, da es die erste Mehrtagestour für Fabian sein würde und ich wirklich nicht die Person sein wollte, die ihm am Ende des Tages oder der Nacht sagen musste: „Ich hab's dir doch gesagt!"

Stattdessen hatte Taiga Times uns vor unserer Reise eine Packliste geschickt. Darauf all die Notwendigkeiten, die man so brauchte. Den besten Tipp gab mir jedoch mein Cousin. Als ich ihm erzählte, dass wir über 400 Kilometer nördlich von Helsinki in einem Nationalpark eine Wandertour machen würden, wies er mich aufs Wetter hin: „Auch wenn ihr im Mai wandert, nehmt Kleidung und Schlafsäcke für Minustemperaturen mit.“

Ich war skeptisch. Aber wohl eine der wichtigsten Regeln beim Wandern lautet: „Wenn dir Einheimische eine Warnung oder einen Tipp geben, solltest du dich danach richten.“

Wir kauften daher für Fabian noch einen neuen Schlafsack und eine aufblasbare Isomatte, die ihn ganze 10 Zentimeter vom Boden trennen würde. Fabian war noch skeptischer als ich, aber packte schließlich auch noch eine lange Unterhose, Mütze und Handschuhe ein.

Wir standen vorm Haus meines Cousins, unsere Wanderrucksäcke zu unseren Füßen, als der Kleinbus von Taiga Times heranrollte. Wir stellten uns vor. Erfuhren, dass unsere Guides ein finnisch-kanadisches Pärchen waren und unsere 2 weiteren Mitwandernden, Guiseppe und Nina, aus Italien und Finnland stammten.

Los ging es. 4 Stunden Autofahrt Richtung Norden. Nach 3 Stunden machten wir einen Stopp an einer Tankstelle, wo wir für einen üppigen Brunch hielten. Ich weiß nicht zu sagen, ob jede finnische Tankstelle ein solch wunderbares Buffet in ihrem Inneren versteckt, aber dieses war fantastisch! Es gab eine reichliche Auswahl an knackigen Salaten, deftigen warmen Mahlzeiten und süßen Gebäckstücken.

Als wir nach dem Essen noch ein wenig auf dem Parkplatz herumstanden, wurde ich allerdings ein wenig nervös. Meine Lippe war nun noch deutlicher angeschwollen, und bildete ich es mir nur ein oder fiel mir das Atmen ein wenig schwer?

Ich sagte nichts und wir stiegen wieder in den Bus. Während der restlichen Stunde Fahrt kämpfte ich mit aufkeimender Panik. Was, wenn sich die Piercingwunde in der Nase richtig entzündet hatte und die Schwellung bis auf meinen Hals übergehen würde? Wenn ich dann keine Luft bekäme – irgendwo in Finnland im Nirgendwo. Was dann? Das blöde an solchen Situationen ist ja immer, dass auch Panik zu Atemnot führt. Immer wieder stellte ich mir die Frage: Schwillt bei mir wirklich gerade was zu oder bin ich nur paranoid?

Glücklicherweise war ich nur paranoid. Was mir allerdings erst auffiel, nachdem wir schon längst aus dem Bus ausgestiegen und über eine halbe Stunde gewandert waren. Ich war nämlich nach unserer Ankunft im Salamajärvi National Park so sehr damit beschäftigt gewesen, mir über die Zuteilung von Zelten und Trockennahrung auf die verschiedenen Rucksäcke und die Frage, wer das meiste und wer das geringste Gewicht trug, Gedanken zu machen, dass ich vergessen hatte, über mein geschwollenes Gesicht nachzudenken.

Bewacht

Die ersten beiden Tage unserer Wanderung hätten für mich nicht besser laufen können: Sowohl die Guides als auch die anderen 2 Mitwandernden waren freundliche und unkomplizierte Menschen. Ich fühlte mich fit, es drückten weder die Schuhe noch mein Rucksack. Dank der niedrigen Temperaturen kam ich außerdem kaum ins Schwitzen, was ich als sehr angenehm empfand. Wir wanderten abwechselnd durch Fichtenwälder und sumpfiges Gebiet, in dem vor allem Birken standen. Die wasserreichen Stellen, die wir Menschen ansonsten nur schwer zu Fuß durchqueren können, hatte die finnische Forstverwaltung mit Stegen aus Holzplanken überbrückt. Ab und zu war das Holz schon etwas morsch, sodass die Planken beim Betreten nach unten oder zur Seite kippten. Doch unsere Guides wiesen uns auf diese Stellen hin, und obwohl wir einige Male gefährlich hin und her wankten, fiel niemand ins Wasser. Die ersten zwei Nächte schliefen wir in unseren Zelten. Es war kalt, aber dank eines dicken Schlafsacks und Kleidung, die ich im Zwiebelprinzip übereinander zog, fror ich nicht. Fabian hingegen lernte in der ersten Nacht, dass Boxershorts und T-Shirt auch in Kombination mit einem Schlafsack der Komforttemperatur –2 Grad Celsius nicht ausreichen, um bei 0 Grad die ganze Nacht warm zu bleiben. Nur Nina fror in dieser Nacht noch mehr.

Am dritten Tag erreichten wir gegen Nachmittag eine Lichtung im Wald. Auf der Übersichtskarte des Salamajärvi National Park trägt dieser Ort den Namen Valvatti. Valvatti ist auf Finnisch eine Bezeichnung für die Gänsedistel, bedeutet im Dialekt aber wohl auch ‚bewacht'.

Zwischen kurzem stoppeligem Gras entdeckte ich keine Disteln, aber 3 Hütten waren nicht zu übersehen. Eine davon, eigentlich schon ein kleines Haus mit 2 Etagen und mehreren kleinen Räumen, war aus Holzplanken erbaut und mit blutroter Farbe bestrichen. Einst war es das Zuhause eines Wildhüters gewesen, der hier in der Einsamkeit mit seiner Familie gelebt hatte. Wahrscheinlich war er es gewesen, der diesen Teil der Wildnis bewacht hatte. Wann genau und warum die Familie weggezogen war, wussten unsere Guides leider nicht zu sagen. Geblieben aber war dieses kleine Haus, ein Brunnen, eine Hütte, die sich beim Betreten des Inneren als Sauna herausstellte, und ein Plumpsklo, ebenfalls in Hüttenform, das einige Meter neben der Sauna direkt am Rand des Waldes stand.

Leider konnte ich die Sauna nicht benutzen, meine Lippen waren immer noch geschwollen vom letzten Saunagang und ich wollte keine erneuten Verbrennungen riskieren. Ich begnügte mich daher damit, mir zumindest den Schweiß der vergangenen 3 Wandertage mit heißem Wasser von der Haut zu spülen, während die anderen sich vollkommen durcherhitzten. Vor allem Nina hoffte darauf, sich durch den Saunagang ihre Erkältung herauszuschwitzen. Obwohl sie selbst Finnin war, fanden sich in ihrer Familie keine großen Outdoorliebhabenden, und sie hatte keinen Cousin, der ihr von ihrem Sommerschlafsack abgeraten hatte. So war sie in der ersten Nacht im Zelt vollkommen ausgekühlt und schritt seitdem mit triefender Nase und mehr als müden Muskeln durch die Landschaft.

Schließlich folgte das Abendessen. Unsere Guides Jeff und Kiia hatten in ihrer heimatlichen Küche in Helsinki unsere Mahlzeiten vorgekocht und anschließend gefriergetrocknet. Nun brachte Jeff einen Topf mit Wasser zum Kochen und kippte anschließend eine Plastiktüte mit Reis, Gemüse und Fleischstücken hinzu. Darauf ein Deckel. Unsere Bäuche knurrten. Zumindest die Mägen von Guiseppe und mir. Irgendwie schienen wir immer am meisten Hunger zu haben. In Anbetracht der Körpergröße des Italieners war das durchaus nachvollziehbar. Der fast

2 Meter große Mann mit den breiten Muskeln hatte mit Sicherheit einen hohen Kalorienverbrauch. Trotzdem beschwerte er sich nie darüber, dass wir alle gleich große Portionen erhielten.

Jeff befand schließlich, dass das Essen sich genügend rehydriert hätte, und verteilte die Portionen in die Näpfe, wie ich unsere Schüsseln aus Hartplastik in Gedanken nannte.

„Wisst ihr noch, was ‚Guten Appetit' auf Finnisch heißt?", fragte Jeff, der seinen eigenen Angaben nach selbst nicht fließend in der Landessprache war.

Nachdem ich nun schon 2 Tage in Folge daran gescheitert war, mir auch nur einen einzigen Ausdruck auf Finnisch zu merken, hatte ich durchaus Verständnis für unseren kanadischen Guide. An diesem Tag hatte es allerdings endlich klick in meinem Gehirn gemacht. „Hyvää ruokahalua", brachte ich langsam, aber deutlich hervor.

„Sehr gut", lobte Kiia, die sich nun ebenfalls zu uns setzte. Wir begannen das Reisgemisch in uns hineinzulöffeln.

Nach dem Essen betraten wir endlich das kleine Haus, das mittlerweile den Wandernden im Nationalpark als Unterkunft diente. Im Erdgeschoss standen in insgesamt 3 Zimmern 5 einfache Betten für uns bereit. Kiia und Jeff entschieden sich für mehr Privatsphäre und stellten wie schon die Nächte zuvor ihr Zelt draußen auf. Sie würden nicht im Haus übernachten. Die schon wieder schniefende und mittlerweile auch hustende Nina legte sich in das kleinste Zimmer, während Fabian, Guiseppe und ich uns im Hauptraum ein Bett suchten. Das Obergeschoss des Hauses betraten wir nicht. Ein Schild an der Treppe nach oben warnte uns vor morschen Dielen.

Während Nina schon schlief oder es zumindest versuchte, saß der Rest unserer Wandergesellschaft um den Tisch im Hauptraum herum. Zu meiner Flasche Anisschnaps gesellte sich schnell eine Flasche Grappa, die Guiseppe beisteuerte. Nein, wir gaben uns an diesem Abend nicht die Kante, aber ich trank doch 2 bis

3 Gläschen, während uns Guiseppe mit Anekdoten aus seinem Berufsleben bei der italienischen Armee unterhielt. Irgendwann gingen wir ins Bett. Es wurde gerade erst dunkel, aber ich war müde und schlief schnell ein.

Mein Schlaf war unruhig. Ich träumte von einem nebulösen Schatten. Ich versuchte, vor ihm davonzurennen, doch kam nur langsam voran. Meine Beine mussten sich durch eine Masse aus Knetgummi hindurcharbeiten. Immer wenn ich ein Bein hochhob, löste sich die Knetgummimasse mit einem ächzenden Geräusch von meinen Schuhen. Der Schatten kam mir währenddessen immer näher, formte sich zu einer großen Hand und ergriff meinen Körper. Ich wollte schreien, doch kein Laut kam über meine Lippen.

Ein Knarzen riss mich aus dem Schlaf. Ich war sofort hellwach. Das erste fahle Licht fiel schon wieder durch die Fenster in das kleine Haus. Ich registrierte mein klopfendes Herz, das in diesem Augenblick das lauteste Geräusch im Raum zu sein schien. Ich sah nur das Holz des Bettgestells und der Außenwand vor mir, denn ich war mit dem Rücken zum Rauminneren hin eingeschlafen. Das Knarzen war verstummt, oder hatte ich nur davon geträumt? Ich wagte nicht, mich herumzurollen. Jede Person, die schon einmal in einem Mumienschlafsack aus synthetischem Stoff geschlafen hat, weiß, dass es unmöglich ist, sich darin geräuschlos umzudrehen. Außerdem hatte ich gestern Abend meine Kontaktlinsen herausgenommen und meine Brille mit einer mittlerweile krassen Stärke von –10 Dioptrien hatte ich irgendwo unter das Bett gelegt. So lag ich halb blind mit Blick zur Wand und horchte.

Ein Bett weiter atmete Fabian ruhig und tief. Er war fest am Schlafen. Aus der Richtung von Guiseppes Bett in der hinteren Zimmerecke konnte ich nichts hören. War er überhaupt im Haus? – Irgendwie ist es doch komisch, dass es bei vielen Menschen und Tieren als sinnvoller Schutzmechanismus einprogrammiert ist, sich tot oder schlafend zu stellen. Warum sollte immer das Wesen angegriffen werden, das sich zuerst bewegt? – Jedenfalls lag ich so da mit den Augen zur Wand und einem Herz, das mir von innen ans Brustbein klopfte, und merkte, dass ich aufs Klo musste. Nun gut, es half nichts. Langsam drehte ich mich um. Die Mitte des Raumes war leer. Das konnte ich selbst mit meinen schlechten Augen noch sehen. Trotzdem war ich immer noch voller Angst. Bewegte sich dort hinten in der Ecke des Raumes etwas oder war der dunkle Schatten nur eine unserer Jacken? Schnell griff ich mit meiner Hand unters Bett und fühlte nach meiner Brille. Wo war sie? Da! Gefunden! Mit einer Hand klappte ich die Bügel auf und fummelte mir das Gestell auf die Nase. Was ich sah, verwirrte mich erst, bevor es mich beruhigte. Es war kein Fremder oder gar ein Geist im Raum. Nur die Regenhülle von Jeffs Rucksack hing zum Trocknen an einem Haken an der Wand. Guiseppe und Fabian lagen in ihren Betten. Ein Blick auf mein Handy verriet mir, dass es 4:13 Uhr in der Nacht war.

Langsam stand ich auf, zog mir meine Crocs an, die ich als Zweitschuhe neben den Wanderstiefeln dabeihatte, und trat hinaus auf die Lichtung. Der frühe Sonnenaufgang brachte keine Sonnenstrahlen, sondern ein weißes Licht, das den Gewächsen in meiner Umgebung die Farben zu entziehen schien. Blass sah das Grün der Grashalme auf der Lichtung aus. Ebenso die Farbe auf den Brettern der anderen 2 Hütten. Alles wirkte wie ausgewaschen. Farblos und irgendwie leblos. Nichts bewegte sich auf der Lichtung oder in den Bäumen um mich herum. Weder das Rascheln von Blättern noch der Ruf eines Vogels waren zu hören. Mit kleinen, schnellen Schritten ging ich zum Plumpsklo. Mein Atem hinterließ weiße Spuren in der Luft. Die Kälte verschluckte auch die Geräusche meiner Schritte. Der Wald, der direkt hinter der Rückwand des Plumpsklos anfing, schien sich über mich zu beugen. Schnell betrat ich die Hütte, entleerte meine Blase und verließ das Plumpsklo wieder. Dann eilte ich durch die kalte Stille zurück zum Haus.

Als ich eintrat, knarzte es wieder. Das Geräusch kam von meiner Rechten, wo die Treppe zum Obergeschoss des Hauses hinaufführte. Ein Schauer lief über meinen Körper. Mir wurde klar, dass ich hinaufsteigen musste, um sicherzugehen, dass dort oben nichts war. Nur so würde ich ruhig weiterschlafen können. Langsam stieg ich die Stufen hinauf, wagte nicht zu zögern und stieß die Tür am Ende der Treppe auf. Staub wirbelte über Holzdielen mit dunklen spröden Löchern. Dazwischen schwarzgraue Mäusekotklumpen. Ansonsten nichts. Ich atmete aus. Keine fremden Personen hier, eventuell ein paar Geister. Damit konnte ich leben beziehungsweise schlafen. Ich stieg die Stufen wieder hinab und legte mich ins Bett. Bevor ich meine Augen schloss, sah ich zu Fabian hinüber. Er atmete immer noch ruhig und tief. Ich schaute zu Guiseppe. Er sah mich an. Wir schauten uns kurz in die Augen. Ich weiß nicht, wonach er Ausschau hielt, aber mit einem Mal fühlte ich mich beschützt, hatte das Gefühl, dass Guiseppe darauf gewartet hatte, dass ich zurück ins Haus kam. Beruhigt schloss ich die Augen und schlief ein. Am Morgen weckte mich der Ruf eines Kuckucks.

Mehr Seen im Leben

Ich stand am Ufer. Schaute hinaus auf den See. Die Sonne würde erst in einigen Stunden untergehen. Doch der Abend hatte seine Stille schon über das Wasser gebreitet.

Ich fand es wunderlich, dass die Winde von morgens bis nachmittags durch die Birken strichen, dass sie Wellen schlugen auf den Seen und sich dann am frühen Abend plötzlich zur Ruhe begaben. Als ob auch die Winde müde wären vom Tag.

Die Kraniche riefen nicht mehr. Das war gut, meiner Meinung nach. Zuvor hatte ich mir bei der Erwähnung von Kranichen immer ihre grazilen Silhouetten vorgestellt. Hatte Filmaufnahmen im Kopf, von weiß-schwarzen Kranichen in Japan, wie sie durch milchig-weiße Nebelschwämme stolzierten. Ihre langen Hälse rund machten und sie in einem Tanz an den Hals ihres Partners schmiegten. So schön, so elegant, so friedlich.

Nun wusste ich, dass finnische Kraniche zum einen sehr scheu waren, zum anderen aber auch sehr laut. Sehr, sehr laut, wenn sie mit den Flügeln schlugen, sich in die Luft erhoben und dabei kreischten wie die Flugsaurier in Jurassic Park.

Nun konnte ich nicht mehr an Kraniche denken, ohne dass Bilder von Flugsauriern vor meinem inneren Auge erschienen und Szenen aus dem ersten Jurassic-World-Film, einem Sequel von Jurassic Park, in denen Menschen von den fliegenden Echsen in die Luft geworfen und gefressen werden.

Keine Kranichrufe am Abend, kein Wind, keine Wellen. Nur ich und die glatte Fläche des Sees. Die Schatten der Birken am mir gegenüberliegenden Ufer auf dem Wasser, eine fahle Sonne im Westen.

Ich störte die Stille, indem ich eine Packung Zigaretten aus meiner Jackentasche kramte. Der Stoff der Kunststoffjacke gab ein kratzendes Geräusch von sich, sobald man ihn an etwas rieb.

Ich betrachtete die Schachtel. Der Markenname störte mich. Immer schon hatte ich nur ab und zu geraucht. Aber wenn, dann Benson & Hedges. Jetzt stand Winston auf der Schachtel. Eine Übernahme. Eigentlich nicht weiter schlimm. Ich konnte keine Veränderung am Geschmack feststellen. Nur das Design und der Name auf der Schachtel waren anders. Das war meine einzige Gewohnheit in Bezug auf Zigaretten: Immer die gleiche Marke zu kaufen. Ansonsten gab es weder bestimmte Tage oder Uhrzeiten noch besondere Gelegenheiten, zu denen ich rauchte. Am ehesten noch, wenn ich nervös war, aber auch dann nur ab und zu. Gelegentlich, wenn ich auf einer Party etwas mehr trank. Gelegentlich, wenn im Urlaub Langeweile aufkam. Gelegentlich, weil Fabian sich eine Packung gekauft hatte. Meistens nicht. Dadurch war ich für Tabakkonzerne wohl eher uninteressant. Suchtresistent. Zumindest in Bezug auf Zigaretten.

Eigentlich waren Zigaretten auch überflüssig in meinem Leben. Es sollte mehr Seen geben. Mehr Seen mit Vögeln, denen ich dabei zusehen konnte, wie sie sich treiben ließen, während ich über irgendetwas nachdachte, was zwar Teil meines Lebens war, aber mich nicht akut belastete. Ich brauchte mehr Seen in meinem Leben. Vielleicht sollte ich nach Finnland ziehen.

LEKI

Inntaler Höhenweg

Achtung alpin!

Jetzt machen wir mal einen großen Sprung nach oben. Auf über 2.000 Meter geht es bei der Wanderung auf dem Inntaler Höhenweg hinauf und auf dieser Höhenlinie bleiben wir auch auf der 71 Kilometer langen und zumeist 6 Tage dauernden Hüttentour, die mein Mann Fabian und ich Ende Juli 2023 machten. Ein Sprung nicht nur in der Höhe, sondern auch in der Schwierigkeit der Wanderung!

Der Ausgangspunkt des Inntaler Höhenwegs liegt im Innsbrucker Vorort Igls, der bereits 300 Meter höher als die Innsbrucker Innenstadt liegt, die sich auf 570 Metern befindet. Von hier kann man entweder direkt mit der Wanderung beginnen oder wie Fabian und ich entspannt starten und zunächst mit der Gondel auf die höchste Station bis zum Patscherkofelhaus fahren. Dort wurden wir gleich von einigen neugierigen Kühen begrüßt, bevor wir uns auf den Weg zur Glungezer-Hütte machten, die auf 2.600 Metern steht. Hier, wie übrigens auch in der Kellerjochhütte auf 2.200 Metern, gibt es für die Wandernden keine Duschen, da Wasser mühsam aus dem Tal zur Hütte geschafft werden muss.

Der zweite Tag hatte es in sich: Über einen Gebirgsgrat, der nicht aus einem festen Weg, sondern aus übereinander gewürfelten großen Felsen bestand, kletterten wir circa 8 Stunden lang. Dieser Weg ist als „schwarze" Route etwas für Fortgeschrittene. Nur mit sehr guter Trittsicherheit, stabilen Wanderschuhen und ohne Höhenangst sollte diese Route überhaupt betreten werden! Ein falscher Tritt kann zum Absturz und zu schweren Verletzungen bis hin zum Tod führen. Erst 4 Wochen vor unserer Tour war ein 64-jähriger Wanderer auf dem Inntaler Höhenweg gestürzt, 200 Meter in die Tiefe gefallen und gestorben. Äußerst ungern würde ich diese Strecke bei nassem Untergrund gehen, geschweige denn in einem Sturm oder Gewitter auf dem Bergrat festsitzen wollen. Die Bergrettung kann auch nur bei bestimmten Wetterbedingungen fliegen! Aufgrund des Wetters lässt sich der Höhenweg nur wenige Monate im Jahr gehen, meist von Mitte Juni bis Mitte September.

Die restlichen 4 Tage der Tour waren übrigens weniger schwer. Nur beim Aufstieg auf die Kellerjochhütte wurde unsere Konzentration noch einmal derartig gefordert.

Ansonsten erlebten wir Tage voller Sonne, blickten immer wieder auf ein fantastisches Bergpanorama, trafen auf Kühe und Murmeltiere. Außerdem kamen wir schnell in Kontakt mit anderen Wandernden, die ebenfalls den Inntaler Höhenweg liefen. Am sechsten Tag stiegen wir wieder ins Tal ab. Unsere Wanderung endete in Schwaz auf 545 Metern und mit Burger und Pommes in einem Fast-Food-Restaurant.

Tipps & Tricks

Hütten vorab buchen

Alle Übernachtungen sollten im Voraus gebucht werden, da die Hütten oftmals ausgebucht sind und es entlang des Weges kaum alternative Übernachtungsmöglichkeiten gibt.

Schießzeiten beachten!

Ein Teil der Wegstrecke führt durch einen Bundesheer-Truppenübungsplatz. Während der „Schießzeiten“ darf das Gelände nicht betreten werden. Unbedingt vor Buchung der Hütten checken, ob am Tag der geplanten Wanderung der Durchgang möglich ist.

Rot-Weiß-Rot

Rot-Weiß-Rot suche ich auf den Felsen am Grat, auf Baumrinden und an den Eckdielen von Holzverschlägen. Eigentlich ist das nicht die Markierung vom Inntaler Höhenweg. Er ist vielleicht nicht lang oder beliebt genug, damit der Alpenverein Österreich ihm ein eigenes Zeichen gibt. Stattdessen liest man seinen Namen auf gelben Hinweisschildern und dazwischen leiht man sich die Markierungen halt von anderen Wegen. Wie das Rot-Weiß-Rot in Form der österreichischen Flagge, das eigentlich den 02A beschreibt, die gletscherfreie Nebenroute des Zentralalpenwegs, der circa 600 Kilometer durch die österreichischen Alpen führt.

So kommen wir am Ende noch darauf zu sprechen, was Fernwandern eigentlich bedeutet. Für manche ist ein Fernwanderweg erst ‚fern', wenn er Ländergrenzen überschreitet oder über 1.000 Kilometer lang ist. Für mich meint Fernwandern, dass ich mehrere Tage nacheinander demselben Weg folge und dabei von einem Ort zu einem anderen gelange. Das Gegenstück dazu ist für mich eine Tageswanderung, die oft an einem Ort beginnt und am Ende eines Tages wieder am selben Ort endet.

So kann man meiner Meinung nach Fernwanderungen auch in Etappen gehen. Man muss nicht 4 Wochen am Stück Zeit und Energie haben, vom offiziellen Start bis zum Ende eines Weges zu gehen, um sagen zu können, dass man diesen Weg geschafft hat.

Gleichzeitig ist gerade das Laufen über mehrere Wochen hinweg eine Erfahrung, die mir das Gefühl gegeben hat, etwas geschafft zu haben. Ein Nebeneffekt ist jedoch auch, süchtig nach dem Wandern zu werden, sich danach zu sehnen, jeden Tag den Körper zu bewegen und zu spüren, jeden Tag etwas Neues zu sehen und zu erfahren.

Ich komme davon jedenfalls nicht mehr los.

Blockgratklettern

„Was ist Blockgratklettern?“, hatten wir uns beim Durchlesen der Tourenbeschreibung gefragt. Nun wussten wir es. Wir standen vor den 3 bis 5 Meter langen Felsblöcken, die wild übereinandergestapelt den Berg hinaufführten. „Das ist der Weg?“, fragte ich und hoffte inständig, dass Fabian antwortete: „April, April! – Natürlich nicht!“

Stattdessen nickte er nur. DAS war der Weg. Wobei, vielmehr war „der Weg“ die unsichtbare Linie von einer aufgemalten österreichischen Flagge zur nächsten. Hier, auf diesem Block, diesem massigen Stein, war die erste Flagge. Dort oben, 4 bis 6 Steine weiter – je nachdem, welche Steine man wählte, um dorthin zu gelangen –, war die zweite.

„Na dann mal los“, meinte ich mit falscher Zuversicht. Wobei, es würde schon gut gehen, und wenn wir zu langsam wären, dann würden wir am dritten Gipfelkreuz absteigen. Das hatte der Hüttenwirt gestern Abend zu uns gesagt: „Wenn ihr nach 3 Stunden das dritte Gipfelkreuz noch nicht erreicht habt, dann seid ihr zu langsam. Am dritten Gipfelkreuz führt ein Weg ins Tal, der Höhenweg geht auf dem Grat weiter.“

„Wie lange werden wir in etwa brauchen bis zur Lizumer Hütte?“, fragte Fabian den Wirt. Der Wirt musterte uns. Wir hatten uns schon vorab durch andere Fragen als alpinunkundig geoutet. Der Wirt wählte seine Antwort mit Bedacht: „12 Stunden. Manche gehen auch in 10 – aber doch, ich denke, 12 Stunden.“

Fabian und ich wechselten einen Blick. Das waren 4 Stunden länger, als auf der Streckenbeschreibung im Internet angegeben.

„Heute Abend soll es ein Gewitter geben, steigt unbedingt ab, wenn ihr zu langsam seid“, mahnte der Wirt erneut.

Wir stiegen die ersten Felsbrocken hinauf, gingen an einem Metallkreuz vorbei und umrundeten weitere Felsen. Unser Blickfeld weitete sich und wir sahen einige 100 Meter des Berggrats vor uns.

„Das ist verrückt“, meinte Fabian.

Nicht nur bestand der Weg weiterhin aus übereinandergestapelten Felsen, rechts und links von den Felsen fiel der Berghang steil ab.

„Da sollten wir nicht runterfallen“, sagte ich unnötigerweise.

„Gehen wir?“, fragte Fabian.

Ich schaute zum Grat und überlegte, was Umkehren für uns bedeuten würde: Das Ende der Tour? Vielleicht könnten wir diese Stelle auch umgehen. Aber eigentlich wollte ich das hier schaffen. Uneigentlich wollte ich nicht abstürzen oder sterben oder so.

„Gehen wir!“ Meine Stimme klang fest. Ich würde einfach nicht zu viel darüber nachdenken, mich lieber auf meinen Tritt und die Steine konzentrieren.

Damit fingen wir an zu steigen, hinauf und hinab. Ich nutzte meine Wanderstöcke, um zusätzlichen Halt zwischen den Steinen zu finden und um meine Gelenke zu schonen und meine Muskeln zu unterstützen, wenn die Felsen zu hoch waren, um ohne Sprung hinab oder hinauf zu kommen. So vergingen die ersten 2 Stunden.

Ab und zu wurden wir von schnelleren Wandernden überholt, niemals aber überholten wir jemanden. Denn aus Angst, die Strecke nicht in der nötigen Zeit zu schaffen, waren wir mit Sonnenaufgang als erste von der Glungezer-Hütte aufgebrochen.

Ein Paar aus England überholte uns vor einer besonders steilen Passage. Beim Hinabsteigen krallte ich meine Fingerkuppen in die Rillen der Felsen und war froh darüber, dass ich meine Finger zufällig mit dem Falten von Tausenden von Origami Kranichen trainiert hatte. Als der steile Abstieg auf einem flacheren Plateau endete, trafen wir wieder auf das englische Paar. Die Frau hatte Tränen in den Augen und ihre Hände waren aufgerissen. Auch sie hatte sich an den Felsen festgekrallt, aber dabei anscheinend weniger Glück gehabt als ich.

Ich drehte mich zum Steilhang um. Gerade begannen 2 weitere Bergsteigende den Abstieg. Von unten wirkte der Weg noch steiler als von oben, und wenn man mir zu Hause Aufnahmen von diesem Abstieg gezeigt hätte, hätte ich darauf bestanden, dass man an solch einer Stelle nur mit Seil und Sicherung klettern sollte.

Beides hatten wir nicht. Aber Fabian und ich hatten es hinab geschafft. Ich wandte mich vom Steilhang ab.

„Lass uns weitergehen“, meinte ich zu Fabian, „ich will nicht sehen, wie jemand abstürzt.“

Also gingen wir weiter und kamen tatsächlich nach genau 3 Stunden am dritten Gipfelkreuz an. Dort stiegen wir nicht ab ins Tal, sondern liefen weiter auf dem Berggrat entlang der Lizumer Hütte entgegen.

Laserstrahlen und Murmeltiere

Nach 7 Stunden Wanderung hatten wir endlich den Berggrat verlassen und stiegen nun hinab in eine grüne Ebene. Wir befanden uns immer noch oberhalb der Baumgrenze, aber wir waren zumindest den Felsen und den unbändigen Winden entstiegen, die uns die letzte Stunde über gequält hatten. Kurze sattgrüne Gräser erfreuten unsere Augen. Nun galt es vor allem, die Konzentration auch noch während der letzten 3 Stunden bis zur Lizumer Hütte zu wahren und nicht über eine kleine Kuhle oder ein paar lose Steine zu stolpern. Denn gerade wenn die vermeintlich gefährlichen Stellen überwunden sind und sich der Wandernde in Sicherheit wiegt, passieren schnell Unfälle aus Unachtsamkeit. Schon ein verstauchter Knöchel würde das Ende der Tour bedeuten.

Wir strengten uns daher weiterhin an und achteten mehr auf den Weg direkt vor unseren Füßen als auf die Umgebung. Ich staunte daher nicht schlecht, als vor mir plötzlich ein Schild mit der Aufschrift „Achtung: Laserstrahlen!“ stand.

Anscheinend befanden wir uns bereits auf dem Gebiet, das vor allem unter der Woche vom österreichischen Heer zu Übungen genutzt wurde. Nun fragte ich mich, was das Bundesheer hier oben eigentlich noch so trieb. Laserstrahlen?! Ernsthaft? Wie sollte man sich überhaupt vor Laserstrahlen schützen? Wenn jemand dazu mehr weiß, bitte schreibt mir. Es würde mich doch interessieren.

Wir setzten schließlich unsere Wanderung fort, vorbei an einem kleinen Tümpel mit türkisgrünem Wasser, das für mich aufgrund der Farbe nach einem Chemieunfall aussah. Besser weitergehen.

Nach einer weiteren Stunde gelangten wir schließlich auf eine breite Straße, die sich durch die Berge hindurchschlängelte. Erst beim Laufen auf dem Asphalt fiel mir auf, dass meine Füße sich wund anfühlten. Wahrscheinlich hatte ich mir wieder mal Blasen gelaufen. Ich ignorierte das Problem.

Stattdessen konzentrierte ich mich auf die Umgebung und entdeckte ein Murmeltier! Ein echtes Murmeltier! Noch nie hatte ich die Nager in freier Natur gesehen. Sie waren recht zutraulich und liefen nur wenige Meter vor uns über die Straße, balgten sich miteinander und liefen über die grünen Wiesen neben dem Weg. Ich hatte mit einem Mal das Gefühl, durch ein Portal in eine andere Welt gefallen zu sein, so unwirklich erschienen mir die kurzbeinigen Nagetiere, das Gras um mich herum in diesem grünsten aller Grüntöne und die grauen Berggipfel vor dem strahlend blauen Himmel.

Wun-der-schön!

Die Idylle hielt noch etwa eine weitere Stunde an, dann wurden die Murmeltiere in einem beinahe fließenden Übergang – gerade noch war ein Babymurmeltier über den Weg gekullert – von gefleckten Kühen ersetzt. Wir liefen in Schlangenlinien um die Kühe herum, die sich zum Wiederkäuen auf die Straße gelegt hatten, und kamen schließlich an einen Punkt, von dem wir auf die Lizumer Hütte hinabsehen konnten. Dort unten würden wir übernachten! Die Wanderung war fast geschafft, und wir waren nicht gestürzt und nicht gestorben! Herrlich, ein solches Gefühl!

Zu unserem vollkommenen Glück an diesem Tag erreichten wir außerdem 5 Minuten vor Ausbruch des angekündigten Gewitters den Eingang der Hütte und wurden mit einem Weizenbier belohnt.

New Friends

Die Lizumer Hütte war ausgebucht. Im Speisesaal waren alle Tische und Stühle belegt, und so kam es, dass wir uns einen Tisch mit dem Paar aus England und einem Paar aus den Niederlanden teilten. Mike und Linda kamen aus Yorkshire. Piet und Sarah wohnten in der Nähe von Amsterdam. Schnell stellte sich heraus, dass Piet und Sarah kein Paar, sondern befreundet waren. Sarah wollte ihrem Mann, der zu Hause geblieben war, beweisen, dass sie sportlich und tough genug war, um den Inntaler Höhenweg zu gehen. Piet, der Mitte 30 und somit 10 Jahre jünger war als Sarah, war ein super sportlicher Typ und lief den Höhenweg bereits zum dritten Mal. Wäre Piet allein gelaufen, so hätte er den Weg wohl auch in 3 oder 4 Tagen schaffen können, so wie er jeden Tag über die Berge tänzelte. Dabei spielte immer ein fröhliches Lächeln um seine Lippen. Sarah hingegen hatte an diesem zweiten Tag wirklich kämpfen müssen. Ähnlich wie Linda hatte auch sie zwischendurch ein paar Tränen der Angst und Erschöpfung vergossen. Es war Sarahs erste Fernwandertour und auch ihr erster Urlaub in den Alpen!

„Hoffentlich sind wir nach der Tour noch befreundet", meinte Piet, als Sarah schon ins Bett gegangen war. Fabian und ich wechselten einen bedeutungsschweren Blick: Piet hatte Sarahs Fitnesslevel wohl stark überschätzt. Fabian und ich schwiegen. Was sollten wir auch sagen? Nun waren sie auf dem Weg und hatten die schwerste Etappe der Wanderung bereits hinter sich. Jetzt konnten sie auch weiterlaufen.

In den nächsten 3 Tagen wanderten wir in ähnlichem Tempo wie Mike und Linda, sodass wir uns während der Tagesetappen immer wieder gegenseitig überholten. Wir gingen aber nie zusammen, da das Paar aus England grundsätzlich eine schnellere

Laufgeschwindigkeit bevorzugte und viele Pausen machte, während Fabian und ich langsam liefen, aber dafür nur wenige Pausen am Tag einlegten. Nur am Nachmittag rannte uns das Paar immer davon. Denn da machten Fabian und ich unsere große Pause, holten unseren Gaskocher aus dem Rucksack und kochten uns eine Tasse Kaffee. Ein Luxus, den wir sehr genossen!

Sarah und Piet hingegen sahen wir meist morgens in der Hütte und dann wieder bei unserer großen Pause, kurz bevor wir unseren Kocher wieder einpackten. Alles in allem kamen wir 6 aber immer nur mit maximal 60 Minuten Abstand zueinander an der Hütte an und gönnten uns dort ein gemeinsames Bier, um die abgeschlossene Tagesetappe zu feiern.

Ab dem dritten Tag gingen wir auch dazu über, beim Abendessen auf der Hütte immer einen gemeinsamen Tisch zu besetzen.

Gerade diese Begegnungen und Gespräche mit Menschen, die ebenfalls den Inntaler Höhenweg liefen, haben die Wanderung für mich zu etwas Besonderem gemacht. Es entstand eine Verbundenheit, die ich vor allem auf meinen vorhergegangenen Wanderungen durch das Sauerland vermisst hatte.

Kleine Beerenkunde

Ja, was beerte denn da auf dem Inntaler Höhenweg? Waren es etwa Blaubeeren? Jein, da waren auch Blaubeeren, und gut haben sie geschmeckt. Die kleinen blauen Früchte, direkt vom Strauch gepflückt und in den Mund gesteckt. Gerne wachsen sie an Waldrändern, auch in den Alpen.

Aber direkt daneben wuchsen die anderen, manchmal dazwischen, Wurzel an Wurzel, so eng, dass ich kaum sagen konnte, welcher Zweig zu welcher Pflanze gehörte.

Ich hatte schon ein paar von den anderen im Mund, als mir auffiel, dass diese nach nichts schmeckten. Ich klappte die Frucht auseinander und weißes Fleisch kam zum Vorschein. Oh nein, eine Trunkelbeere!

Trunkelbeere, Rauschbeere, auf Latein Vaccinium uliginosum genannt. Sie sehen der Blaubeere zum Verwechseln ähnlich. Auch ihre Beeren sind kugelig und dunkelblau, aber wo die Blaubeere innen rötlich ist und säuerlich-süß schmeckt, ist das Fruchtfleisch der Trunkelbeere weiß und schmeckt nach nichts.

Ihre Wirkung ist bei manchen Menschen jedoch heftig. Die Beeren können zu Rausch ähnlichen Zuständen führen, manch einem Menschen wird auch schlecht davon.

So weit kam es bei mir zum Glück nicht. Ich hatte nur ein paar der Trunkelbeeren geschluckt und merkte nichts von einem Rausch. Was auch besser war, denn wir befanden uns gerade kurz vor dem zweiten schwarzen Abschnitt des Inntaler Höhenwegs und ich musste noch 1 Stunde über Felsen und neben einem steilen Berghang laufen. Dazu kamen Regen und Nebel. Besser, in solch einer Situation einen rauschfreien Kopf zu behalten!